시담포엠 시인선 024

이화동 연가

이금례 두 번째 수필집

시담포엠 시인선 024

이화동 연가

초판발행 2020년 12월 18일   제 1판 인쇄

지 은 이 | 이금례
펴 낸 이 | 김성규 박정이
편 집 인 | 김세영
대표 겸 편집주간 | 박정이
펴 낸 곳 | 도서출판 시담포엠

출판등록 | 2017. 02. 06
등록번호 | 제2017-46호
주   소 | 서울시 강남구 테헤란로 311-1321호<역삼동, 아남타워>
대표전화 | 02)568-9900 / 010-2378-0446
이 메 일 | miracle3120@hanmail.net

©2020 이금례
ISBN 979-11-89640-13-2
값 10,000원

시담포엠 시인선 024

이화동 연가

이금례 두 번째 수필집

도서출판 시담포엠

✍ 작가의 말

늦가을이다. 저물어 가는 바람처럼
노란 은행잎들이 이화동거리에 내린다.
몇 년 전에 내 첫 번 째 시집을 내고
이제 두 번 째 수필집을 품으며 기도를 한다.
하나님의 은혜로 예술인 복지재단으로부터
활동비를 받아 두 번째 수필집을 내게 되었다.
아직도 부족하고 두렵기만 하다.
예술인복지재단에게 감사드린다.

2020년 12월
한해의 끝자락에서
이금례 작가

차례

제3부 · 꽃 그리고 그네의 말

제4부 · 제 2의 푸른 꿈

제5부 · 늦가을 끝자락에서

제1부

수밀도의 아픔

수밀도[水蜜桃]의 아픔

신이 주신 아름다운 두 봉우리는 생명의 근원이며 사랑의 근원이다.

지금이야 여러 가지 분유가 있다. 예전에는 모유로 아이가 통통하게 살이 오르고 자라가며, 엄마와 얼굴을 익히며 수유를 할 때 땀을 송골송골 흘리며 사랑을 나눈다. 그러면서 엄마는 건강이 회복되어 다시 둘째를 만나게 된다. 그래서 여자가 아닌 엄마는 강하게 다져졌던 것이다.

주인의 허락도 없이 세도 내지 않고 침입한 당신은 누구십니까?

무더운 여름밤 잠을 놓치고 엎칠락 뒤칠락 하다가 가슴이 뜨끔하여 똑바로 누워 자가진단을 해보았다. 팥알만 한 크기의 알맹이가 잡혔다. 놀라서 다시 만져

보았다. 며칠을 기도하며 마사지도 해보다가 건강검진을 예약했다.

건강검진결과가 전부 양호하고 유방과 위는 소견이 있으니 조직검사를 하잔다. 조직검사를 하고는 하루하루가 이렇게 길고 지루할 수가 없다. 성경 읽는 시간을 늘려가며 일각(一刻)이 여삼추(如三秋)다.

유방암이라는 결과가 나왔다. 희수(稀壽)에 이르러 유방암이라니! 이제 먹지도 못하는 수밀도에 무슨 청천벽력이냐? 순간 나는 두려움보다 수치심이 일었다. 환자가 힘이 드니까 3일 입원을 하고 검사를 하잔다. 하루 종일 이곳저곳으로 끌려 다녔다. 아침마다 체온과 혈압을 재고 피를 뽑는데 혈관이 약해서 세 번이나 터졌다. 손등과 팔목이 성한 곳이 없고 나중에는 발등에서 채혈을 했다.

수술 날짜 잡아놓고 검사 중에 심장에 이상이 발견되어 퇴원했다가 다시 입원해서 말만 들어도 무서운 핵의학과에서 검사를 하고 기다려야 했다. 심장에 조형시술을 해보아야 수술을 할 수 있는지 알 수 있다고 하여 팔목에다 시술을 했다. 다행이 수술은 할 수 있다는 결과가 나왔다. 다시 코로나검사를 받았다. 코로나 때문에 심방도 안 되고 개인 간병인도 허락되지 않았다.

주치의가 수술날짜를 잡을 때부터 무통주사, 중환자실까지 예약을 했다고 했다. 자상하고 친절한 주치의와 가족과 모든 분들의 기도덕분에 수술을 잘 받았다. 6인 병실에 들었는데 무통주사를 전부 맞고 있었으며 한사람도 예외 없이 토하느라 식사를 못하는데 정말 나는 한 번도 토하지 않고 식사를 했다. 주님의 은혜다.

삶과 죽음의 갈림길에 있는 환자들에게도 에피소드는 있다. 내 옆에 무릎관절을 수술한 79세의 노파에게 4살 연하의 애인이 있다는 이야기 때문에 배들을 붙잡고 박장대소를 하곤 했다. 젊은이들의 열정을 넘어선 농익은 사랑이 아닐는지!

연하애인이 장마 빗속에 경동시장까지 가서 사온 참외, 복숭아, 자두를 씻어서 환우들에게 하루같이 배달을 거르지 않았다. 모든 환우들이 감사해 했고 부러워 했다. 그뿐이 아니다. 나는 아침마다 커피를 타서 식탁마다 배달을 했다. 카누커피를 알아보며 행복해하는 침상동기들에게 감사하며 하루를 시작했다. 무통주사를 달고 있는 환자들이라서 고통밖에는 없다.

어느 한분이 간호사를 부르더니 미스터트롯을 틀어 달라고 했다. 관심도 없었고 보지도 않던 그 프로 가수들의 열정에 나도 모르게 빠졌다. 이렇게 상큼하고 발랄할 수가 있나 싶었다. 듣고 또 들어도 싫증나지 않는 노래들이다. 이 힘들고 어려운 시기에 심신이 고달픈 사람들에게 또 병마와 싸우는 환자들에게 짜릿한 위로를 주며 활력소가 되어준 미스터트롯과 사회자들의 변죽 좋은 입담에 깔깔대지 않을 수가 없었다. 사랑의 콜센타 7명의 가수들이 존경스럽기 까지 했다.

수술한 지 7일 만에 조기 퇴원 결정이 났다.

주치의 말씀이 젊은 사람보다 더 빨리 회복이 돼서 다행이란다. 퇴원도 중요하지만 이제부터가 먹는 것과의 전쟁이라고 했다. 열심히 운동하고 잘 먹어서 면역을 유지해야 다른 병이 침범하지 못한다고 했다. 운동하는 교육, 식단표로 교육이 끝나면 퇴원이다. 주치의 선생의 신뢰할 수 있는 의료행위와 따뜻한 배려를 잊을 수 없을 것 같다. 늘 그분이 함께하심을 느낀다.

아름다운 두 봉우리 안에 생명 줄과 생명을 죽이는 암 덩어리가 같은 곳에 자란다는 것이 놀랍지 않은가

무례한 침입자를 내보내기에는 엄청난 고통과 희생이 따랐지만 더 성숙한 새로운 삶으로 새날을 맞이하련다.*

시계

　나는 한 테두리에서 삼대가 산다. 어느 누구에게나, 어느 장소에 가든지 제일 좋은 자리에 꼭 필요하며 사랑 받던 존재였다.

　그런데 세월이 흘러가면서 일정한 장소에서만 대접을 받는다. 그 전에는 이것으로 인해서 우리의 수준을 가늠 하던 때도 있었다. 지금은 사람들의 몸에서는 서서히 멀어져 가고 있는 신세가 되어 서글프지 않을 수 없다. 그러나 모든 경기장에서는 내가 없이 시합을 시작할 수 없다. 나는 시계이다.

　삼대의 하는 일이 제각기이다. 내가 육십 번을 돌 때, 하나는 열두 번을 돌고, 또 하나는 한 번을 돈다. 우리는 서로 주어진 역할이 다르기 때문에 주인은 일을 제일 많이 하는 내 초秒침에다는 금金을 입혀주었고, 분分침에는 은銀을 입혀주었다. 그리고 시時 침에는 동銅을 입혀준단다. 누구 하나가 먼 저 닳아 없어지면 안 되기 때문이란다.

　사람들은 언제나 나를 제일 소중히 생각한다. 손에
서 놓지 못하고 땀을 흘리며 뛰는 사람들도 수없이 많
다. 이 한 순간을 위하여 수년 씩 목숨을 걸고 싸우는
사람들이 있다.
　그러나 나는 지금도 행복하다. 내가 없이는 꼼짝 못
하는 곳이 너무도 많아서다. 여행을 한다든지, 출장을
간다든지, 이별을 하는 곳 이라면 나는 꼭 필요한 존
재다.
　이 또한 시대의 변천에 따라 앞서가기 때문이다. 옛
날에는 가끔씩 쉬어가기도 했었는데, 지금은 쉴 수가
없다. 사람들은 가다가 산이라면 바위에서도, 길가라면
긴 의자에도, 수다를 떨며 행복해 하기도, 슬퍼하기도
한다. 그런데 아날로그에서 디지털로 바뀌면서 쉬지 못
하고 달려만 간다. 언제까지 어떻게 변할지 궁금하다.

　허기야 알파고까지 등장하는 현실이 아닌가? 비행기
의 이·착륙소리, 기관차의 화통소리, 항구의 뱃고동 소
리 등 정겨운 소리들이 서서히 사라져가며 적막하다고
할까, 삭막하다고 할까, 하여튼 낭만과 정취가 사라져

가고 있다.

이제 가정에서 청소는 로봇이 한다. 에어컨, 히터도, 리모컨 하나로 미리 틀 수 있고, 끌 수 있으며, 가스까지 조정할 수 있게 되었다. 기업의 공장에서는 드론, 병원에서는 머리위에서 서류 등 필요한 것을 실어 나르는 컨테이너가 부지런히 움직인다. 우리가 해야 할 일들이 하나씩 살아져가고 있다. 하지만 자동화 시스템이 제아무리 좋다고 할지라도 문명의 이기란 것이 좋기만 한 것일까?

그래도 사람만이 할 수 있는 신묘막측神妙莫測 한 일이 있지 않은가. 창조의 존엄성인 인간의 출산이라든지, 아이들은 엄마의 손맛과 사랑을 먹으며 자라야 한다고 생각한다. 통계에 따르면 부모의 사랑을 담뿍 받고 성장한 아이들은 문제아가 되지 않는다고 했다. 먹고 살기 바빠서 가족 간에 대화가 없이 외롭게 살다 보니 만나지 말아야 될 것들을 너무 일찍 접하게 되어 문제아가 되는 수가 많다.

가장 소중한 자녀와의 만남을 귀하게 생각하고 유아, 유년기를 엄마와 함께 보내며 충분한 사랑 속에서 자란 반듯한 자녀들을 보면 후회 없는 삶이 이러한가

보다 생각된다. 부모와 같이 보내야 할 그 한순간을 놓치지 말고 잡아야한다. 그러나 예외는 있을 수 있다. 이런 일들이야 어떻게 기계가 할 수 있다고 생각하랴.

우리 삼대三代는 경쟁자가 아니고 같이 가야하는 동반자이다. 그 소중한 한순간이 있어서 행복하게 쓰임 받는 존재의 이유가 아닐까.

밍크코트

　나는 나를 위해 밍크코트를 구입한 적은 없다. 젊어서는 내 아픔이 너무 커서 부모형제들의 마음을 돌아볼 경황이 없었다. 이제 철들어 생각해보니 너무나 큰 죄를 짓고 살았다. 평생을 외딸인 나로 인해서 가슴앓이를 하고 살아오신 어머니께는 내 목숨도 아깝지 않다는 생각이 들었다. 흔하디흔한 밍크코트 하나 없는 어머니께 칠순 선물로 밍크코트를 선물하기로 작심하고는 한껏 행복했다. 값이 수컷과 암컷의 차이가 많이 났다. 이왕 선물로 드리는 것이니 비싼 암컷으로 준비했다. 코트가 무거우면 어깨가 눌려서 아프다고, 암 밍크는 무게가 느껴지질 않는다고 했는데 정말 가벼웠다.

　친구 분들께 부러움을 받으며 어머니는 행복해 하셨다. 아버지는 나이 차이가 많은 남동생 한 분이 계셨는데 그 작은어머니는 어머니의 밍크코트를 보시고 좋다고 칭찬을 아끼지 않으셨다. 어머니는 슬쩍 딸이 선물했다고 자랑을 하셨다. 네 남매를 두신 우리 어머니,

무남 독려를 두신 작은댁은 큰집을 부러워하며 사셨다.

작은어머니는 "엄마는 좋으시겠다." 딸이 그렇게 좋은 밍크코트를 사주셨으니 뭘 더 바라겠느냐고 부러워하셨다. 나는 얼른 "작은어머니도 칠순 때 밍크코트를 선물해 드릴 게요." 하고 말씀을 드렸다. 그리고는 잊어버리고 사업하느라 바빠서 정신없이 지냈다. 어느날 불현듯이 작은어머니 생신이 생각났다. 생각해보니 칠순이시다. 깜작 놀랐다. 회사가 한참 어려워서 밍크코트 사드릴 형편이 아니었다.

그렇다고 예수 믿는 사람이 거짓말 할 수도 없고 해서 고민 고민하는데 난데없이 보험회사에서 전화가 한 통 걸려왔다. 고객님! 왜 해약금 안 찾아 가세요? 하는 것이다. 얼마나 돼요? 하고 물었다. 거의 일백만 원돈이었다. 무릎을 쳤다. 하나님! 감사합니다. 이 돈이 있다는 걸 일찍 알았더라면 이미 찾아서 다른 곳에 썼을 텐데 적당한 때에 나타나서 거짓말 안하게 되었다. 그 돈으로 인해서 작은 어머니와의 약속이 지켜졌다. 칠순 며칠을 앞두고 선물을 가져다 드렸더니 작은아버지와 작은어머니는 너무 놀라서 입을 다물지 못하셨다. 나도 못해준 이 좋은 진도밍크코트를 조카가 해줄 줄 몰랐다며 자못 고마워 하셨다. 물론 열 달 월부금을 불입하는 어려움을 겪었다.

　작은 아버지가 돌아가셨다. 작은어머니는 혼자 다니니 깡패들이 코트를 뺏어갈 지도 모르고 망치로 나를 때리면 죽을 것 같은 불안으로 더는 못 입겠다고 하셨다. 그만큼 사회가 불안한 때였다. 그래서 할 수없이 그 코트를 내가 가져다가 입게 되었다. 어머니 돌아가시고 밍크코트는 내 몫이 되었고, 작은어머니 것까지 두 개가 되어 지금은 바꿔가며 입고 다닌다. 지금 나의 경제사정으로는 밍크코트를 입는 건 언감생심이지만 돌이켜보면 이타자리(利他自利)이고 모두가 그분의 은혜라고 생각한다.

청계천에서

청계천에 발을 담그고 모든 시름을 떠내 보낸다. 물속에 하늘과 구름이 어른거린다.

온 국민들이 가뭄으로 속이 타들어 가는데 개울 옆이라서 인가. 훤칠한 나무와 꽃들이 싱그럽다. 벌과 나비가 쌍을 이루어 서로를 애무한다. 팔뚝만한 붉은 잉어와 치어들을 바라보며 마음의 여유가 느껴진다. 내 얼굴을 살짝 스치고 지나가는 바람과 시원한 물소리가 여름을 잊게 해 준다. 도심 한가운데서 다 잊어버리고 즐거운 시간을 보낼 수 있다니 감사할 일이다. 하늘을 올려다본다. 하얀 뭉게구름이 나를 보고 미소 지으며 흘러가고 있다. 어디로 가고 있을까.

지금 이 개천은 새로울 뿐이다. 내 발을 만지고 지나가는 물, 가슴속으로 파고드는 시원한 바람, 빨간 망사 옷을 걸친 고추잠자리가 또한 그러하다. 코를 자극하는 향기, 연인들의 속삭임, 친구들과의 도란도란 나누는 소리, 어느 누군가에 전화벨소리가 나만의 세계를 깨트린다.

　이 아름다운 풍경을 내 눈에 담아두고 싶다. 만남도 이별도 순간 인 것을, 행복도 슬픔도 또한 지나가는 것을, 오늘 하루도 이렇게 시간 속으로 흘려보내고 있다. 육십여 년 전의 청계천이 내 머리를 스쳐간다.
　전쟁이 막 끝난 후라서 제대로 된 것이 없었다. 판잣집에 얼기설기 어설픈 점방들, 개천 한쪽은 물이 흐르고 각목 두개에 널빤지 두 쪽이면 자연 화장실이다. 시장 한쪽은 천막을 쳤고 화장실 쪽은 판자 점방들이었다. 겨울철에는 바람을 막아주었고, 여름에는 햇볕과 비를 막아주었다.

　노점에는 순댓국, 시래깃국, 보신탕, 꿀꿀이죽, 빠질 수 없는 것은 막걸리 소주가 전부였다. 　꿀꿀이죽은 미군 부대에서 먹다버린 음식을 거두어다가 끓인 것이라고 했다. 먹다보면 이 쑤시개도, 담배꽁초도 나왔다고 한다. 지금은 생각만 해도 구역질이 나지만 그때는 먹을 것이 없어서 허겁지겁 먹었던 것 같다.
　시장에는 손님을 기다리는 지게꾼이 많았다. 배는

고프고 손님이 없으니 막걸리 한잔으로 허기진 배를 채워야했다. 지금 같이 공장이 있는 것도 아니고, 집에서 콩나물을 키워 시루 째 들고 나온 사람, 인절미를, 두부와 비지를 만들어 들고 나온 사람 여러 부류가 있었다. 장사가 된 사람들은 쌀, 보리, 옥수수가루 형편에 맞게 사들고 집으로 향했다.

단칸방에 예닐곱 식구가 콩나물시루를 연상케 했다. 풍로에 숯불을 피워 한 끼니 때우면 행복한 가정이었다. 옥수수가루에 산나물 뜯어 같이 끓인 멀건 죽 한 그릇, 독풀인 줄 모르고 먹고 배탈로 고생하다 쓰러지는 사람들이 부지기 수였다. 이도 저도 못하고 굶어서 부황이 난 철부지 어린이들이 많았다고 한다.

빈대와 이가 많아서 고생을 많이 했다. D·D·T가 없었더라면 어떻게 되었을지 모르겠다. 엄동설한이면 속옷을 벗어서 문밖에 내놓고 잤다. 그러면 추워서 이가 전부 얼어 죽었던 것 같다. 면 옷이 들어가고 나일론 옷이나 나오면서 이는 없어진 것 같다.

청계천을 덮고 삼일 고가도로를 만들었다. 처음에는

교통 소통이 잘되고 머리위로 길이 생겨서 차가 다녔으니 신기해하며 좋아했다. 외국 귀빈들이 본국 방문 시 숙소가 워커 힐인데 삼일 고가도로를 사용하지 않고, 지금의 88 대로로 돌아다녔다. 덮은 청계천이 불안해서 라고 했다.

청계천을 사이에 두고 평화시장과 동대문 시장이 대칭을 이루었다. 지금은 국제적인 패션 메카로 발전하고 있다. 청계천 복개 공사를 한다고 할 때 그 많은 돈을 드려서 한 공사인데 뭐하는 짓이냐고 아우성을 쳤다. 한 일 년 정도는 흉물스러웠다. 그러나 지금은 내·외국인들도 빼놓을 수 없는 관광명소이다. 물론 청계천 관리비가 만만치 않다고 한다. 물이 깨끗하여 고기들도 살며 징검다리 양쪽에 화초들과 나무들이 무성하여 장관이다.

청계천 입구부터 마장동까지 2.7km 이란다. 중간 중간 다리에 옛날 이름을 그대로 붙여주어 낯설지 않고 친근감마저 든다. 다리 밑은 비도 피할 수 있지만 잠시 땀을 식히며 쉬어 가는데 손색이 없는 곳이다. 새벽이면 신선한 공기를 마시며 걷는 사람들이 생각보다 많다.

어느덧 발이 시려 온다. "이제 일어나야지" 넙적하고 듬직한 징검다리에 이끼가 내 귀에 속삭인다. 동심으로 돌아가 물장구를 치던 발을 손수건으로 닦고 조심스럽게 일어선다.*

내가 썼던 시 한편을 읊으며 걸었다.

"청계천의 불야성"

팝송이 출렁거리는 청계천의 불꽃축제
작은 청계천의 폭포도 쉼 없이 떨어지며
색색이 흐른다
물길에 물길, 불빛에 불빛이 흐르고
꼬리를 무는 튜리와 그림이 너울거린다
색의 흐름에 무엇을 버리고 무엇을 취하나
바람은 상기된 얼굴을 식혀주고
젊은 연인들의 다정한 밀어들
유모차를 미는 부모들의 여유로운 나들이

청계천의 깊은 밤은 푸르러져 간다.

촉촉한 감동

교회에서 어린이부 교사로 섬겼다. 그런데 옛날 같지 않다. 한 가정에 아이들이 하나 아니면 둘이어서인가. 아이들이 해달라는 대로 다 해주어서 아까운 것도 없고 말도 잘 듣지 않는다.

그중에 남매가 있었다. 아이들은 마음이 상할 정도로 말을 듣지 않았다. '왜 저 아이들이 저럴까?' 생각을 해 보았다. 작은 아이에게 "엄마는 무엇을 하시니?"하고 물었다. 그러자 "네 미장원을 하셔요." 했다. 알고 보니 나도 잘 아는 집사님이 그 아이들의 어머니였다. 그녀는 가끔 내게 "제가 매일 바빠서 아이들에게 제대로 해 주는 것이 없어서 미안합니다." 라는 말을 건넨 적이 있었다. 그래! 나는 그 아이들이 외롭고 정이 부족해서 저러는구나 싶었다. 그 후 그 아이들을 만날 때마다 끌어안아 주고 이다음에 참 귀한 사람이 될 것이라고 말 했다.

두 남매를 만나면 자연스레 나는 무엇이 먹고 싶으냐고 물었다. 남매가 좋아하는 것을 메뉴로 삼아 간식을 만들어 전체 아이들에게 주곤 했다. 언젠가 아이들 엄마가 "저의 남매를 특별히 생각한다는 것을 알게 되었다"며 감사하다고 인사를 했다. 그 후 일 년이 지났을까, 아이들이 나를 보면 뛰어오며 인사를 했다. 나도 반갑고 귀여워서 꼭 끌어안아 주며 멋있다고 칭찬을 아끼지 않았다. 큰아이가 누나이고 작은아이가 남동생이었다.

언제든지 먹고 싶은 것이 있으면 이야기하라고 했다. "정말이세요." 물으면 나는 "그럼"하고 긍정의 답을 보내면, 아이들은 너무 좋아서 방방 뛰며 "선생님 감사합니다." 라고 하며 막 뛰어갔다. 아이들은 점점 말을 잘 듣고 상냥해졌다. 나를 보면 먼 곳에서부터 뛰어왔다. 나도 어느덧 정이 들어서 그 아이들이 예쁘고 반가워서 볼 때마다 얼굴을 비벼주며 안아주었다. 아이들이 저렇게 변하다니 나도 마음이 기쁘고 훈훈했다.

어린이부는 4살에서 14살까지 아이들이 오는 곳이다. 오후 예배드리시는 성도님들 자제들을 돌보아준다. 나는 교사를 그만두고도 천안중앙교회 수련원에서 원어민들과 여름영어캠프에 참석했다. 원어민들이 좋아하는 참치 샌드위치, 핫도그, 샐러드 등 간식을 준비했다. 3박 4일이 힘은 들었지만 결국 은혜는 내가 받고 행복한 마음으로 돌아왔다.

　몇 년이 지난 이번 여름에도 어린이 영어캠프의 일원으로 봉사를 떠났다. 총괄의 일을 맡아 해 줄 사람이 없다는 부탁을 받고 동참했다. 출발 전 모임에 가 보니 어린이부 부장님과 담당 권사님들이 아름다운 공주님 같은 분들이었다. 힘든 일은 내가 맡아서 해야겠다는 마음을 먹고 같이 떠났다. 목적지는 경기도 내촌 수련원이었다. 수영장이며, 부엌, 식당, 방, 그런대로 준비가 잘 되어 있었다.

　그런데 도착해서부터 푹푹 찌는 더위와 천둥·번개가 치는 날씨였다. 게다가 앞이 보이지 않을 만치 비가 쏟아졌다. 공과는 강당에서 해서 별문제가 없었지만, 아이들이 수영 하고 싶어 난리 지경이었다. 그중에 눈에 띄는 교사가 있었다. 어린이부에서 남매 중에 누나인 혜원이가 교사로 온 게 아니던가. 반갑기도 하고 어떻게 된 일인지 궁금했다. 부장 권사님한테 신혜원이에 관하여 물어보았다. 참 착실하고 열정적이라는 대답이었다. 키도 훤칠하고 퍽 예뻤다. 아! 그렇구나.

저렇게 변할 수 있구나! 나는 감사기도를 드렸다. 그랬다. 하나님께서 하셨구나.

선생님! 하고 부르며 그 아이가 달려와서 목을 끌어안았다. 나도 정말 반가웠다.

"혜원아 이렇게 훌륭한 교사가 되었구나. 네가 선생님과 함께 봉사할 줄 누가 알았겠니?"라고 말했다.

"다 선생님께서 잘 길러 주셔서지요."

라고 말했다.

나는 울컥하며 눈가가 촉촉 해왔다. 만날 때마다 그냥 끌어안아 주고 이야기 들어준 것밖에 없었는데, 이런 귀한 소리를 듣는다고 생각하니 감회가 깊었다. 찬우 또한 자기 몫을 잘 감당하고 잘 있겠지, 생각하니 모든 것이 감동이었다.

아이들을 생각하면 마냥 행복하다. 이것이 교사들의 사명과 보람이 아닐는지.

제2부

하늘공원

하늘공원

가파른 나무계단이 있었지만 노약자를 위한 맹꽁이 차를 이용 하늘공원 입구에 오르니 우뚝 선 '하늘공원'이라고 새긴 석조물이 명품이다. 모두 그 앞에서 멋진 포즈로 인증 샷을 한다

서울근교에 이렇게 넓고 아름다운 자연생태공원이 존재한다는 것이 참으로 자랑스럽다.

생활폐기물을 모아 산을 이뤄 냄새나던 난지도를 누군가의 반짝이는 아이디어로 기적을 이룬 것이다. 면적이 5만 8천 평이나 되는 시야가 보이지 않을 정도로 네모반듯한 곳이다. 2002년 제17회 월드컵대회를 기념해 난지도 쓰레기 매립장을 생태공원으로 복원하기 위하여 3년여에 걸쳐 사업을 시작해 드디어 2002년 5월1일 개원했다.

하늘공원은 오염된 침출수 처리와 지반 안정화작업을 한 뒤 초지사물과 나무를 심어 자연 생태계를 가꾸어놓았다. 테마별로는 억새군락지, 순초지, 암석원, 혼생초지 등이며 전망대, 휴게소 풍력발전기, 자연에너지를 이용한 5개의 거대한 바람개비가 있으며 주변에는 월드컵경기장을 비롯한 난지한강공원, 노을공원, 평화공원, 난지천공원 등이 있다.

하늘공원의 자랑인 억새밭산책로를 걸으며 바람에 하늘거리며 혼신을 다해 춤추는 억새의 환대에 흠뻑 빠져본다, 해바라기, 메밀 식재지, 색색의 코스모스의 향연을 볼 수 있는 군락지. 가녀린 핑크뮬러의 춤사위엔 안개가 피어오르듯 사랑이 싹틀 것 같은 분위기에 젊은 연인들의 데이트장소로도 손색이 없다.

낮에는 시민들이 둘레길 은 아니지만 산책길을 걸으며 탁 트인 서울의 전경을 바라보며 탄성을 지르며 즐거워하지만, 밤에는 야생동물들의 천국이다. 길에 다리를 놓아주어 뱀들도 어려움 없이 다닐 것 같다. 구경거리가 있는 데는 먹을거리가 있어야하는데, 없어서 좀 아쉽긴 하지만 월드컵 경기장 2층에 후드코트가 있어서 그나마 다행이다.

그런가하면 띄엄띄엄 유모차를 함께 밀고 가는 젊은 부부들의 뒷모습이 아름답다. 아이들의 자연공부를 위해서도 초년생 엄마들이 아이들과 함께 많이 나들이와도 편안한 곳이다.

해마다 10월이면, 10일 동안 밤10시까지 개방하는 억새축제가 올해는 코로나19 때문에 취소가 되어 많은 사람들의 마음을 서운하게 했다. 초지에 심은 억새가 장관을 이루는 가을이면 시인들이 모여 회포를 풀며 낭만을 즐기는 축제이기도 하다. 공원특설무대에서는 작은 음악회, 디카 사진공모, 수기공모, 초등학생들의 그림그리기 대회등 각종행사가 진행되었다.

하늘공원은 군데군데 집열기를 설치해놓고 메탄가스를 정제 처리해서 월드컵경기장과 주변 지역에 천연가스연료로 공급하고 있어 더 할 나위 없이 감사한 마음이 든다.

하늘공원은 제주도에서 올라온 억새에 기생하는'야고'라는 특이한 야생화를 비롯하여 적잖은 들꽃이 서

식하여 꽃을 사랑하는 사람들이 철따라 새로 선보이는 꽃을 마음 설레며 연인처럼 만나는 곳이기도 하다. 그런데 관리소 측에 드릴 말씀은 가시박이나 단풍잎돼지풀등 환경유해식물은 좀 더 철저히 박멸해달라는 것이다.

하늘공원을 한 바퀴 둘러보니 병풍을 두른 듯 북쪽으로는 북한산, 동쪽으로는 남산과 63빌딩, 남쪽으로는 한강과 한강대교부터 성산대교가 한 눈에 들어오고 서쪽으로는 행주산성이 보인다. 강남과 강서의 서울 한 자락이 하늘공원을 바라보고 구름이 아름답게 무늬를 지어 아직 따가운 가을 햇볕을 가려주매 넉넉한 마음으로 잠시 명상에 잠겨보았다.

어디를 가보아도 이렇게 아름다운 도시는 없을 것 같다. 행복을 한 짐 짊어지고 돌아왔다.

저녁

마지막 이사 준비를 한다. 하지만 가지고 갈 것이 하나도 없다. 노후는 준비하지 못했지만, 주민등록증사진을 확대하지는 말아야지 생각했다.

내 마음에는 봄이 오고 있다. 잠자는 숲을 모두 깨우고 싶다. 젊어서는 일 속에 파묻혀 사노라 무엇이 하고 싶은 일인지 알지 못했다. 그런데 이 나이가 되어보니 글도 쓰고, 방송도 해 보고, 한복의 우아한 모델도 해 보고 싶다. 나이에 걸맞지 않게 하고 싶은 일이 생각보다 도 많기만 하다. 그래 늙어 간다는 말보다는 잘 익어간다고 생각하고 싶다.

석양의 아름다움에 사뭇 놀랐다. 어쩌면 저렇게 황홀할까? 이글이글 타오르는 불덩어리가 머리에서 떠나질 않는다. 나이가 든다는 것이 고맙고 감사하기만 하다. 상처가 많을수록 어디를 건드려도 딱지가 떨어지기 마련이다. 혹여 마음속에서 표출되지 못한 자격지

심 때문이 아니었을까? 젊어서는 분노와 혈기, 자존심만 살아서 감사한 것을 모르고 살았다.

남은 삶은 후회 없이 살고 싶다. 하여 요즘 주어진 하루를 마지막같이 생각하고 산다. 그렇다 해서 후회가 없지는 않겠지만, 최선을 다하며 겸손해지려고 노력한다. 젊어서 너무 모나게 산 것이 지금은 한없이 부끄럽다. "물이 맑으면 고기가 없다."고 말씀들 하시면, "흙탕물에서 고기 키워 낚시하려고요" 하며 볼 메인 소리를 하곤 했다. 이제부터라도 남을 이해하고 보다 아름다운 말을 전하고 싶다.

내게 좋은 친구가 생긴 것도 감사할 일이다. 반 년밖에 되지 않았지만, 남녀, 나이를 초월해서 글을 쓰기 위해 모인 사람들이기에 그네들과의 만남이 부담 없고 반갑기만 하다. 수필이 아니었다면 어떻게 자신들을 과감히 벗을 수가 있겠는가? 나 같은 사람은 죽었다 깨어나도 못할 일이겠다. 생활이 여유 있고 준비된 훌륭한 분들이 많아서 나는 함께 떠밀려가고 있다.

내가 만난 그분들은 각자가 전혀 다른 환경에서 살고 있다. 나름대로 얼마나 열심히 사는지 열정들이 철철 넘쳐흐른다. 그분들에 비해 허송세월 하고 산 날이 이렇게 부끄러울 줄이야… 이제부터라도 열심히 글을 써야지 다짐을 해본다. 만남의 축복 속에서 잘 챙겨주는 친구가 있으며, 옳은 길로 인도해 주시는 명품교수님도 계시지 않은가.

목요일이 기다려지며 또 기대가 된다. 문우들이 어떤 작품을 가지고 올까? 분주한 생활 속에서도 글을 써야지 하는 생각이 늘 자리 잡고 있다. 몇 날 며칠을 생각하다가 책상에 앉으면 술 술 써지지 않아서 안타깝다. 타자(他者)들의 작품을 읽고 교수님께서 지적하시고 문우들의 소견을 물으며 생각을 공유할 때, 많은 것을 배운다.

이제 겨우 글 쓰는 순서를 알게 되었다. 무식하면 용감하다고 이 글 저 글 써서 발표했는데, 생각해 보면 얼굴을 들 수가 없다. 되돌릴 수 없는 시간이고 보면 어찌하랴.

배운 대로 낯선 글을 써야겠다고 생각하나, 창고가 텅 비어 있어서 꺼낼 것이 없다. 진작 책을 많이 읽었더라면 쏙쏙 꺼내 쓸 수 있는 자산(資産)이 얼마나 많으랴. 때 늦은 후회를 하며 책장을 넘긴다.

그래도 지금이 이른 것 같다. 글만 읽는 것이 아니

고, 문장과 부호들을 생각하며 차 맛을 음미하듯, 글을 묵상해 가며 읽는 습관을 갖고자 노력한다. 문우들의 작품을 귀하게 생각하고 전부 모아놓은 것이 자산(資産)이 될 줄이야. 글을 읽으며 어떻게 이런 표현을 할 수가 있을까. 한편 부럽기고 하고 존경스럽기까지 하다.

이사 가는 사람이 누구인지는 알아야 될 것 같다. 잘 나고 못 나고를 떠나서 누가 간다는 것을 알리는 주인의 얼굴 말이다. 너무 젊어서 사진은 아름다울지 모르지만, 다 살지 못하고 가는 것 같아서 마음이 짠할 것 같다. 호상(好喪)이라면 조문객들도 명복을 빌어주지 않으랴.

미련도 없고 걸릴 것도 없는 나라면 영정 사진 하나면 족하지 않겠는가. 내 인생도 저녁이 오고 있나보다.

이화동 연가

대한민국의 수도 서울에서 종로구 이화동은 대학로를 품고 있다. 대학로는 내일을 짊어질 뜨거운 청춘들의 광장이다.

서울에서 야경이 가장 아름다운 낙산성곽, 문화재로 지정된 초대대통령 이승만의 사저인 이화장도 있다. 다른 곳보다 나무가 많아서 공기도 맑고 사계절 진수를 보여주는 진달래, 개나리, 벚꽃, 아카시아, 감나무, 은행나무가 요즈음 늦가을 정취를 만끽할 수 있는 곳이다.

길을 걷다보면 골목골목 나무가 많아 뭇 새들의 보금자리이기도 하고 연애장소이기도 하다. 낙산으로 오르다 보면 중턱에 관광객들을 위한 주차장이 있고 도로변의 카페에서는 각종 차와 와인을 맛볼 수 있는 명소도 있고, 생맥주집도 발 들여 놓을 틈이 없다. 군고구마와 붕어빵과 달고나 등 추억을 되살리며 사람들의 시선을 멈추게 한다.

  이화동은 연극의 고향이며. 소극장은 시선이 닿는 곳마다 있을 정도로 많다. 예술인들이 많아서 백년이나 넘은 학림다방을 비롯한 카페가 많이 모여 있는 곳이기도 하다. 서울대학교를 비롯한 다른 학교 연극영화과 단과대학들이 옹기종기 모여 있는 이화동은 예술이 살아 숨 쉬는 곳이다.

  대학로하면 마로니에공원을 빼놓을 수 없다. 역사가 깊은 흥사단이 있으며 야외공연장이 있고 몇 백 년이 되었는지 모를 은행나무가 일품이어서 연인들의 로맨스가 익어가는 장소이기도하다. 또한 빼놓을 수 없는 것이 먹을거리이다. 젊은이들의 먹을거리 유행은 바로 이곳에서 시작된다. 맛 집 또한 문전성시를 이루며 야시장의 포장마차는 정신을 못 차릴 정도로 야단법석이다. 허름한 타루점방에 손을 꼭 잡고 들어가는 선남선녀를 보며 웃는다.

  주말이 되면 벽화마을을 찾는 내외국인들이 줄을 잇는 곳이기도 하다. 그러나 주택가는 공기도 맑고 조용

하고 아늑해서 주민들이 살기에 불편함이 없다. 그래
서 나는 이화동을 사랑하지 않을 수 없다.*

　나는 이화동연가 내 자작시를 다시 한 번 낭독해본
다.

　"이화동 연가"

　붉어가는 노을 녘
　그대는 아슴아슴 걸려있는 빈 의자
　가을달빛에 어른대는 그대여
　눈먼 소리는 가을 침묵의 그림자
　후박나무 대금소리에 바람 스쳐가고
　여울지듯
　또 다른 흑백사진을 찍어본다
　가을여자는 목마른 이화동의 바람을
　영근 씨앗으로 잉태할 생각에
　두 주먹 쥐어본다

나만의 속삭임

눈을 뜬다. 마음이 설레며 떨린다. 살아있음을 감사하며 기지개를 편다. 창문을 열고 맑은 공기를 받아들인다. 앞이 탁 트여 서울대학병원이 한눈에 들어온다. 우리 집은 지대가 비교적 높은 편이다. 휜칠한 향나무와 아카시아가 자태를 뽐낸다. 나팔꽃이 휘감고 올라와 마음대로 자리를 잡는다. 언젠가 는 아파트나 빌라가 들어설 것이다.

현관문을 연다. 밤새 그리웠던 내 작은 분신들과 사랑의 인사를 나눈다. 잘들 잤니? 향기 그윽한 새빨간 분꽃 향과 양쪽 벽을 타고 오르는 빨간색, 보라색의 나팔꽃이 보기에도 아까울 정도로 멋스럽다. 담 너머로 늘어진 여러 꽃들이 자신들의 아름다움을 마음껏 자랑한다. 동네 사람들이 내가 사는 집을 꽃집이라고 부른다.

내가 제일 좋아하는 보라색 라일락도 심었다. 첫 해

에는 꽃이 시원치 않게 피었다. 내가 이사 오기 전이어서 가꾸지 않은 탓에 황폐한 땅이 되어서 일게다. 한약방에서 약 찌꺼기를 얻어다가 땅을 파고 묻어 영양을 주었다. 분꽃, 나팔꽃은 씨앗을 뿌렸고, 고추, 상추는 분양해서 심었다. 아침마다 물을 주며 예쁘게 잘 자라 줄 거지 하고 속삭인다.

저녁에 현관문을 닫으러 나간다. 나무와 꽃과의 헤어짐의 인사를 나눈다. 그들 때문에 행복하다. 하늘을 쳐다보며 쏟아지는 별빛에 또한 황홀해진다. '하나님! 감사합니다. 이렇게 행복해도 되나요.' 그렇게 흥얼거리며 방으로 들어와 하루를 정리하며 잠을 청한다. 머리만 대면 꿈속으로 빠져드는 사람이 제일 부럽다.

어느덧 가을이 성큼 다가오고 있다. 유난히도 더웠던 여름도 이제 꼬리를 살짝 내린다. 아직도 한낮에는 여름을 방불케 한다. 오묘한 섭리는 어쩔 수 없는가 보다. 그렇게도 싱싱하고 아름답던 꽃잎들이 누런색으로 변해 간다. 이번 주에는 모두 거두어야 될 것 같다. 지금에 내 모습이 아닐까 싶다. 지금 거두어 가신들 무슨 여한이 있겠는가.

어느 사이 머리에 서리가 내리기 시작했다. 고희가 지나면 염색을 하지 않겠다고 생각을 했다. 보름 정도 지나면 반갑지 않은 흰머리가 조금씩 머리를 든다. 화장대 앞에 앉으면 다른 곳이 보이지 않고 삐쭉 삐쭉 나온 흰머리만 보인다. 그렇게 보기 싫을 수가 없다. 일 년 정도 는 참아야 한다는 선배님들의 조언을 들었다. 도저히 그냥 두고 볼 수가 없어서 또 염색을 하곤 한다.

내가 섭취하는 모든 영양분이 머리로만 가는 것 같다. 아니면 그렇게 빨리 자랄 수가 없을 것이다. 영양분이 공평하지 못하게 분배 되는 것 같아 야속하다. 살이 빠지면 똑같이 빠져야 할 것 이고 쪄도 똑같이 쪄야하는데 빠져야 할 곳은 찌고, 쪄야 할 곳은 빠진다. 나만의 하소연 인지 모르겠다.

수필 반 식구가 된 지 벌써 일 년이다. 우리 회원들 모두가 많은 노력 끝에 발전을 했다. 책을 낸 분이 두 사람이고 , 문예지로 등단한 분이 열 사람에 가깝다. 전국 어르신문학작품공모에 출품하여 K선생님과 이 부족한 사람도 수상을 했다. 전적으로 명품 교수님의 공로이시고 문우들의 도움이다.

명실공이 마로니에 문학회가 탄생되었다. 다음 달에는 우리 문학회 문우들의 작품으로 책을 낼 준비에 여념이 없는 김 회장이 고생을 많이 하고 있다. 치마를 둘러서 여자이지 남자들 못지않은 열정을 가지고 있다. 사업가 기질이 있어서 조금 거친 면이 있긴 하지만 야무진 사람이니까 잘 해 내리라 믿고 있다.

이 모두가 넉 두리 일까, 하소연일까. 그래 '나는 행복한 사람이다' 라고 속삭여 본다.

일장춘몽

문학을 공부하지 않은 내가 글을 쓴다는 것이 쉽지 않았다. 7학년이 넘어 훌륭한 교수님을 만나서 2년여 동안 수필공부를 했다. 대단한 열정의 교수님 가르침 속에 글은 이제 겨우 걸음마를 뗀 것 같다. 갈 길이 멀다. 혹 일장춘몽(一場春夢)은 아닐까 염려된다.

2016년 『에세이포레』 가을 호 수필 「저녁」이란 작품으로 등단했다. 그 후 같이 공부하던 도반이 시(詩)를 써보자고 권유해서 쓰기 시작했다. 그 친구는 우리가 말하는 스펙, 재력, 배려하는 마음 까지 어느 것 하나 빠지지 않는 사람이다. 나는 무엇 하나 내놓을 것이 없는 부족한 사람이다. 국문과에 편입해서 제대로 시(詩) 공부를 해보자고 했다. 형편상 편입을 할 수 없다고 대답해놓고 생각 속에서 늘 떠나질 않았다.

내가 섬기는 교회에서 한 달에 한 번씩 나오는 연못 골지가 있다. 수필이나, 시를 발표하면 성도님들이 좋다고 차(茶)를 대접한다, 점심을 산다고 하는데 정말 공부를 해야겠다는 생각에 잠을 이룰 수가 없었다. 시(詩)는 제대로 공부해 보지 않아서 갈증을 느끼든 차에 학교 앞으로 매일같이 다니던 길인데도 편입이라는 글자가 보이지 않았다.

대학로 근처 대학에 평생교육원을 찾아 헤맸으나 국어국문학과가 없었다. 시를 공부하는 곳이 여러 군데 있었다. 내 형편에 수강료가 비싸고 아니면 거리가 멀었다. 도반의 말이 생각나서 대학으로 들어가서 편입 조건을 물어보았다. 안내서를 가지고 와서 살펴보았다. 모교에 가서 서류만 준비하면 될 것 같아서 내친김에 모교를 찾았다.

반세기가 지나서 찾은 모교는 내 눈을 의심케 할 정도로 많이 변해있었다. 사무처에 가서 주민등록을 내놓고 증명서를 준비하러 왔다고 이야기했다. 이렇게 오랜만에 오신 선배님은 처음이란다.

옛날에는 수기로 해놓은 것이라서 빠진 분이 몇 분 있었다고 했다. 외국에서 살다 와서 전부 없어졌지만 노랗게 바란 합격증서와 2학년 학생증이 있어서 혹시 하고 가지고 갔었다. 내가 없었다고 부인하지는 못할 것 같아서 마음이 놓였다. 한참 만에 찾았다고 하며 현재 주민등록증에는 "이금례"이고 학교에는 "이금예"로 있었다, 다고 했다. 천만다행이었다.

다음날 서류를 가지고 방송통신대학으로 갔다. 이 서류면 된다고 했다. 그러면 어떻게 해야 하나. 등록금은 물론이고 교재와 공부를 어떻게 할 것인가. 반세기가 지난 지금은 어떻게 변했을지 몰라서 방송통신대학을 졸업한 후배를 찾아갔다. 새로운 도전에는 찬사를 드린다고 하고는 그전하고는 많이 달라졌다고 했다. "지금은 1학년부터 전공과목을 공부해요. 3학년으로 편입하시면 머리에 쥐나서 못 쫓아가요", 라고 했다.

예전에 우리는 1~2학년은 교양과목이었고 3학년부터 전공과목을 공부했었다. 2년 전에 졸업한 문우가 잘 알 것 같았다. 편입 이야기를 했더니 기초부터 하셔도 힘들 텐데요, 잘 생각해보란다. 연못골을 보다 보니 맨 끝장에 장학금이라고 쓰인 것을 보았다. 조건이 4가지였다.

3가지는 합할 것도 같은데 학점이 문제였다. 지역 목사님께 말씀을 드려보았다. "한번 신청해보시지요", 라고 말씀하셨다.

언제는 내 힘으로 한 것이 있나, 다 그분이 하셨지 않은가. 나는 할 수 없지만, 그분과 함께라면 할 수 있다고 생각하고 학교로 갔다. 학교 컴퓨터에서 2학년으로 편입신청을 하고 전형료를 냈으니 학생이 된 것 같았다. 마음이 설레며 떨려왔다. 1월 25일이 발표일이다. 합격 통지서를 받으면 등록을 하면 된다고 했다. 오늘은 장학금 신청을 해야겠다.

칠십 중반인 나이에 흥분도 되고 설레는 마음으로 몇 주를 쫓아 다녔다. 이윽고 몸살이 나서 병원에 갔다. 의사선생님께서 혈압도, 협심증도 있으신데 무리하면 큰일 난다고 하셨다. 주위 분들도 선, 후배도 모두 말린다. 심한 말로 미쳤다고 야단들이다. 기도하면서 생각해보았다. 이모두가 내 욕심 이었구나 중얼거리며 내려놓을 때 서운한 마음이 없지 않았다. 이렇게 해서 내 마음의 아우성은 일장춘몽(一場春夢)이었던가.

제3부
꽃 그리고 그네의 말

꽃 그리고 그네의 말

대나무는 군자(君子)를 상징하며 정직한 사람을 말할 때 많이 쓴다. 사군자 중 하나이다. 꽃말 또한 지조, 인내, 절개이니 자연스레 옛 선비들을 떠올리게 한다.

대나무에 꽃이 핀다는 것은 상상도 하지 못 했다. 그렇게 예쁜 꽃이 필 줄이야. 육십 년 만에 피는 대나무꽃을 본 사람에게는 행운을 가져온다는 전설의 꽃이다. 수명 또한 일백 오십 년 정도이며 건축, 기구제작, 또는 장대, 밥통, 죽염 통, 아니 양반 댁의 병풍이나, 여름의 돗자리는 자못 시원해서 인기를 끈다. 또한 활 (弓)을 만드는 데도 대나무가 적격이라고 한다.

이런 대나무는 담양지역에서 많이 난다. 천혜의 자연 속에서 쭉쭉 뻗은 대나무의 향과 멋은 보는 이를 감탄하게 한다. 신선한 정취에 경치가 너무 아름다워 신(神)도 잠시 쉬어 간다던가. 다이어트와 노화 방지에 좋다고 알려져 있다. 하지만 죽순이 몸에 좋다고 하여 무조건 많이 먹으면 체내에 흡수를 방해하고 생으로 먹으면 부작용이 있다고 한다.

　참나무 또한 백년에 한번 꽃이 핀다고 하며 행운을 가져다준다고 한다. 우리와 불가분(不可分) 관계이다. 참나무는 숯의 원 재료이고, 우리에게 매우 필요한 것이다. 장을 담을 때도 사용되고, 불고기집에는 꼭 필요하다. 참나무는 표고버섯의 모체이고 사용처가 다양하여 우리 건강에 도움이 되는 유익한 식품이다.

　사철 푸른 소나무 역시 꽃이 핀다는 것을 알지 못했다. 백 년에 딱 한 번 피는 꽃이 얼마나 탐스럽고 황홀하기까지 하랴 싶다. 꽃을 본 사람들에게 행운이 늘 따라 다닌다니 이 또한 감사한 일이겠다. 장수를 말하면 소나무를 빼놓을 수가 없다. 숭례문을 지을 때 사용한 금송은 육백년 이 되었다고 하지 않는가.
　자연산 송이버섯은 향과 맛을 자랑하는 귀족 식품이다. 우리나라에서보다 일본에서 더 큰 대접을 받는다. 어디 그뿐이랴 백봉용은 귀한 약재로 쓰인다. 솔잎은 방부제와 잡냄새를 잡아준다. 이들 세 나무 모두가 푸른 나무이고, 빨간색이며 아름답고 행운을 가져다준다고 하며 장수한다는 것이 특징이다.

구중궁궐에는 능소라는 아이가 있었다. 어느 날 궁녀가 왕에 눈에 띄어 꿈같은 하룻밤을 보냈다. 아름다움에 푹 빠진 왕은 능소를 빈으로 첩지를 내렸다. 궁녀들의 시기와 질투 그리고 음모를 견뎌내지 못하고 그만 그녀는 출궁을 당한다. 임금님을 보려고 까치발을 하고 궁궐을 바라보다가 지쳐 상사병이 들어 그만 죽고 말았다. 능소가 죽고 난 뒤 궁 근처에 무덤을 만들어 주었다고 한다.

무덤근처에 덩굴로 피는 가냘프고 화려하고 아름다운 자태의 꽃이 피었다. 사람들이 능소가 왕을 그리워하여 핀 꽃이라고 "능소화"라고 불렀다. 왕이 아닌 다른 사람이 꽃을 만지면 그냥 땅에 떨어져 죽었다고 한다. 그래서 능소 화를 도도한 꽃이라고 양반 들이 양반 꽃이라고 불렀다고 한다. 그 향기가 천리를 간다고 하니 또한 임금님께 전하고 싶었나보다. 사랑이 원망이 되어 독으로 핀 꽃, 예뻐서 만져보고 눈을 만지면 눈이 먼다고 한다. 양반집 정원에서나 볼 수 있었던 심술궂은 꽃이 능소화다.

화창한 여름 천지가 꽃이다. 내 로라 하는 꽃들이

'나는 이런 꽃이야' 라고 속삭이며 너스레를 떤다. 이번 일요일에는 가까운 고궁이라도 찾아가 꽃들의 향연에 잠시 몸을 맡겨보련다.*

내가 썼던 그리움의 꽃을 읊으면서 진한 그리움을 느껴본다.

"그리움의 꽃"

석탑을 자랑하는 상아탑 정문 앞
그리움의 꽃 능소화가
양쪽 꽃무리를 이루고 있다
청초하고 가냘픈 맵시로
기어올라 간다
축축 늘어진 여유의 넝쿨 자태
소담하게 흐드러진 지조의 상징
붉은 양반 꽃
그 향기가 천리를 진동하고
촉각을 자극한다
그리움을 불사르는 도도한꽃 능소화
한여름의 웃음으로 설레발을 친다.

파레토 법칙

어느 날 무심코 하늘을 쳐다보다가 기러기를 보았다. 시베리아로부터 철새들이 지내기 좋은 남쪽 저수지로 고공비행을 하며 날아간다. 한철을 지나고 다시 돌아간다고 한다. 새들의 도래 조건이 맞기 때문일 것이다. 기러기는 모두가 리더라고 한다. 브이(V)자로 줄지어 날아가는 모습은 마치 비행기를 연상케 한다.

그들이 나는 모습을 보노라면 멋스럽고 아름답다. 그들의 이동은 1년에 4만 킬로를 난다고 한다. 그런데 앞서가는 리더를 쫓아가는 동료들은 71%를 쉽게 날 수 있다고 한다. 리더가 힘이 빠지면 맨 뒤의 기러기가 앞에 나와 리더가 된다. 그렇게 기력을 충전해 가며 목적지까지 난다. 그들이 날 때는 규칙적으로 '끼룩 끼룩' 울음소리를 낸다. 속도 조절과 함께 힘을 보태기 위한 일종의 응원의 소리라고도 한다.

그래 그런가. 옛 가곡에도 "기러기 울어 에는 하늘

구만리"라고 했던가. 기러기는 서로를 아낌없이 사랑하는 숭고한 정신을 소유한 귀한 새인가 보다. 만물의 영장이라는 우리들은 어떠한가. 내가 손해 보는 일은 한 치도 못 하고 양보가 어렵다. 물론 다 그렇지는 않다. 그러나 기러기는 목숨을 걸고 자기차례에 순응하는 모습이 숭고하다. 기러기의 숭고함과 순수함을 배우면 좋을 것 같다.

우리의 전통혼례 예식에는 반드시 기러기가 등장한다. 신랑이 신부 집에 들어오기 전 적당한 곳에 멍석을 깔고, 병풍을 두른 곳에 목(木)기러기를 놓을 작은 상을 놓는다. 이것을 전안상(奠雁床)이라고 한다. 신랑이 그 전안상 앞에 공손히 무릎을 꿇고 앉으면, 기러기를 들고 들어온 기럭아비가 신랑에게 나무로 만든 목안(木雁)을 건네준다고 한다.

다음에는 목안을 상위에 올려놓고 일어나서 네 번절을 한다. 그 때 신부의 어머니가 치마에 기러기를 싸서 들고 간다. 그리고는 신부가 있는 안방에 던진다. 이때 기러기가 누우면 첫딸, 일어서면 첫아들을 낳는다고 한다. 기러기는 암수가 정답게 살다가 홀로 되면 평생 새끼들을 키우며 혼자 산다고 한다. 백년해로의 다짐이리라. 원앙과도 비교가 된다.

원앙금침(鴛鴦衾寢)이라는 말이 있다. 우리는 원앙을 보면 잉꼬부부를 연상한다. 색도 아름답고 물위에서 놀 때도 짝을 지어 다닌다. 유유자적(悠悠自適)함이 부러울 정도이다. 우리생각과는 전혀 다르다. 임신을 하면 9~12개의 알을 낳는다고 한다. 암컷이28~30일 동안 알을 품고 있는 동안 수컷은 벌써 다른 짝을 찾아 떠난다고 한다. 무책임한 수컷을 보며 기러기와 비교가 되어 야속하기 그지없다.

우리 사회 또한 이들 기러기와 비슷하지 않은가. 숫자의 차이는 있지만 저들 무리의 20%가 앞장서면 80%는 별 무리 없이 잘 따라간다고 한다. 빈부의 격차 또한 사회단체, 공동체들이 이와 흡사하다. 그 중 가장 유명한 것은 백화점의 경우 20%의 고객에서 80%의 매출이 나온다는 것이다.

백화점은 전체고객을 위한 서비스보다는 20%의 고객을 위한 특별관리에 더욱 힘쓴다고 한다. 그렇고 보면, 모든 원인의 20%가 80%의 결과를 창출한다함이겠다. 여자들이 입는 80%의 옷도 20% 안에서 즐겨입는다고 하니 재미있는 수치인가 보다.

식물 또한 이와 비슷하다. 완두콩의 80%는 20%의 완두줄기에서 나왔다고 하며, 대기 중 공기 성분 역시 질소78%에 산소와 기타 22%의 비율로 이루어져 있다고 한다. 또 칵테일은 맥주78%에 소주22%를 혼합시킨 것이 소맥이라고 한다. 운동선수 역시 예외가 아니다. 운동선수 중, 20%가 전체 상금의 80%를 쓸어온다고 한다. 사람의 신체 역시 수분이 78%요, 기타물질이 22%의 비율이라고 한다. 의미 있는 비율이 아닌가.

대자연의 법칙인가 보다. 파레토법칙이 얼마나 위대한가를 깨닫게 해 준다.

천년을 하루같이

사랑에 씨앗을 뿌리면 어떤 열매가 열릴까. 기쁨과 화평, 온유의 아름다움, 오래 참음의 인내, 절제에 검소함의 꽃이 피었으면 하는 게 나의 바람이다.

내 수필집에 서평을 써주신 존경하는 수필가이며, 시인이자, 칼럼니스트인 석계선생님과 나의 절친 K 작가, 그리고 두 분이 존경하는 조 고문님과 의 특별한 만남이 이루어졌다. 작년에 석계님께서 조 고문님 건강을 잃어가는 것이 안타까워 위로 차 K 작가와 성대한 식사를 했다고 했다. 내년까지 함께할 수 있다면 K 작가가 크게 대접한다고 약속했단다. K 작가의 남편 역시 병환 중이어서 먼 곳으로는 출타하지 못하고 종로 복 집에서 만나기로 했다. 나도 안면이 있는 분이어서 같이 만나게 되었다.

식사를 한 후 함께 영화를 보기로 했다. <신과 함께>라는 영화를 정해놓았다. 극장표는 내가 예매를 하고 식당으로 갔다. 휴일이라 문을 닫아 먹자골목에서 동태찌개를 참 맛나게 먹었다. 고문님과 나는 교회를 다니고, 석계님은 천주교신자이다. 그리고 K 작가는 골수 불교신자이다.

천국과 지옥이 있을 것이란 미지의 세계 속에서 가슴을 조여 가며 낯선 곳으로 여행을 시작했다. 살인, 나태, 거짓, 불의, 배신, 폭력, 천륜, 7가지 지옥이 있다고 했다. 영화가 아니고, 성경 속에서 가르치심을 보는 것 같았다. 살인지옥 이라는 곳은 사람을 죽였어도 말로 죽인 것도 살인이란다. 펜으로도 사람을 죽인다고 하지 않는가.

성경에서도 7가지 모두 금하는 일들이다. 악은 어떤 모양이라도 버리라고 했다. 지옥에서는 선의의 거짓말도 하지 말란다. 어찌 두렵지 않으랴. 못 보던 차사들의 생사를 넘나드는 황당한 모습과 장소들을 보며 같이 간 분들이 재미가 없다고 해서 거의 끝 날쯤에 나왔다. 저녁을 먹으러 가는 중 밍크목도리 잊어버린 것을 알았다.

다른 분들은 저녁을 먹으러 갔다. 조 고문님께서 나

를 배려해서 함께 밍크 목도리를 찾으러갔다. 30분을 기다리라고 하는 말에, 고문님이 커피 두 잔 가지고 오셔서 귀한 신앙 이야기를 들을 수 있었다. 영화가 끝나서 들어가니 자리에 목도리는 그냥 있었다. 고문님께 정말 고마워서 감사 인사를 하고 귀가했다. 암은 누구도 예외일 수 없다는 생각에 위로 해드리고 싶었다.

조 고문님은 건강이 최악인 분이다. 그래도 퍽 편안하게 보였고 긍정적이었다. 돌아오면서 그분을 위해서 기도해야겠다는 생각을 했다. 끝까지 다 보지는 못했지만 많은 것을 생각게 했다. 정말 정직하게 열심히 노력 하고 살았지만, 살아온 수십 년 세월이 마음에 찔려 온다. 내 남은 삶의 방향을 보여주는 좋은 영화였다.

생각하면 나 또한 본의 아니게 많은 사람에게 상처를 주었고 살인을 했을 것이다. 특히 가족에게 제일 많은 상처를 준 것 같아서 가슴이 아팠다. 지금부터라도 더 깊이 생각해보고 조심스럽게 말을 해야겠다. 마음을 다스린 다는 것이 성을 지키는 것보다 어렵다고 하지 않는가. 돌아가신 부모님과 형제들에게도 잘못했다고 사과의 기도를 드렸다. 이제 사과를 하고 용서를 빌면 무슨 소용이 있으랴, 상처투성이가 된 것을.

지금부터라도 마음의 쌓인 모든 찌꺼기를 깨끗이 떠나보내고 선을 마음에 새기고 산다면 악이 떠나갈 수 있을까. 긍정적인 생각을 하며 아름다운 눈으로 사물을 보면서 살고 싶다. 남에게 상처를 주지도 받지도 않고 살았으면 좋으련만. 그러나 선·악이 공존하는 세상이고 보면 아무리 뜻을 정해놓고 산다 한들 쉽지 않은, 영원한 숙제일 것이다.

하룻밤을 자고 났는데도 조 고문님의 생각이 지어지지 않는다. 기도 하면서 생각해보았다, 내년에 뵐 수 있다면 얼마나 감사한 일인가. 내년에는 내가 점심을 대접하고 싶어졌다. K 작가한테 이야기했다. 석계님한테 즉시 전화를 걸어서 내 뜻을 전하고 나를 바꾸어주었다. 참 좋다고 하시며 고맙다고 칭찬을 하셨다.

집이 옹색해서 손님을 초대하지 못하고 살았다. 이만큼 살다 보니 모두 부질없다는 것을 깨달았다. 육간 대청이 아니면 어떠하랴. 천 년을 하루 같이 아름답고 즐겁게 살면 되는 것이 아니겠는가.

맛깔나는 풍경

　나는 조부모, 부모와 함께 9식구가 살았다. 3대가 같이 사는 것은 흔히 볼 수 있는 일이었다.

　지금은 핵가족으로 사는 것을 당연시한다. 대가족이 함께 사는 것은 상상을 못 한다. 부모도 또한 자녀들과 더불어 살기를 원치 않는다. 부부가 맞벌이하는 경우, 아이들을 의탁하고자 같이 살기를 원하는 자녀들도 간혹 있기는 하다. 하지만 예외로 집성촌을 이루고 3~4대가 함께 사는 곳도 더러 있어 화제 거리가 되곤 한다.

　저녁 시간, 텔레비전의 채널을 돌린다. 언뜻 보면 흥미가 있어 보이건만 도무지 이해가 되지 않는 장면이 눈길을 끌었다. 의정부에 세 자매를 둔 한 가정의 훈훈한 이야기였다.

　두 딸은 이미 출가를 시켰고 막내딸은 미혼이라 했

다. 서울에서 전세를 사는 둘째 사위가 이사해야 했다. 그 일로 큰 동서에게 전셋집을 보아달라고 한 것이 발단이었다.

큰 사위가 집을 보지 않고 땅을 보러 다녔다. 마땅한 땅이 나오자 딸 셋과 사위 둘이 합의하고 장인 장모님께 말씀을 드렸다. 그리곤 합의 끝에 세 가정이 합치기로 했다. 둘째 사위의 직업은 인테리어였다.

세 가정이 자금(資金)을 나누도록 하고 사위들이 집을 지었다. 부모는 구경만 하고 일꾼들이 일사불란하게 그림 같은 3층 집을 지었다. 1층은 부모님과 미혼인 처제와 3식구가 살고, 2층은 둘째 내외가, 3층은 큰 사위 네 딸 하나와 3식구가 가 살기로 했다. 둘째 딸은 결혼한 지 5년이 되어도 임신을 못 해 애면글면하다. 이 집으로 이사를 오면서 임신을 하여 온 식구에게 행복을 안겨주었다.

그 후 둘째 네가 쌍둥이를 낳았다. 집안의 경사였다. 초산인 탓에 아이를 돌볼 줄 모르니 친정엄마와 나누어 보아야 하는 형편이 되었다. 처음에는 즐겁고 좋았지만 매일 같이 아기 전쟁이었다. 그런데 남편들이 어찌나 잘하는지 딸들까지도 사이가 더 좋아졌다고 한다. 생활비도 사위들이 완벽하게 해결하고 장모님과 장인

영감님은 집안 살림을 했다.

　엄마는 딸들이 집에 있는 눈치면 소리 소문 없이 빨리 외출 준비를 하고 집을 나섰다. 그리곤 일부러 저녁 늦게 귀가했다. 그럴라치면 딸들이 비상으로 남편들과 의논해서 이벤트를 선물 했다. 집이 넓어 야외 벽에다 큰 스크린을 걸어놓고 영화를 보며 술상을 준비했다. 사위들은 고기를 굽고 딸들은 술안주를 준비해서 엄마를 위로하는 파티를 하곤 했다. 제아무리 비상사태라 해도 둘째 딸은 예쁜 쌍둥이 때문에 용서가 되었다. 장모님은 기분이 풀려서 행복해 했다.
　둘째딸의 시댁은 강원도였다. 과수원을 해 철철이 사돈댁으로 과일 등 보내주는 것이 많았다. 큰 사위가 불도저를 가지고 와서 공터를 전부 밀어놓아 "니나노 빌"에는 텃밭이 꽤나 넓었다. 종자는 사돈댁에서 보내주어서 심었다. 필요할 때마다 싱싱한 유기농 채소를 따다 먹어서 너무 행복하다고 했다. 한 번씩 아기가 친가로 외출을 하려면 외가의 큰 외손녀와 같이 사돈 어르신들이 전부 출동을 했다. 둘째딸 부모님은 시부모님들과 같이 살아서 걱정이 없다, 고 무척이나 고마워했다.

엄청나게 불편한듯해도 그게 아니었다. 의외로 아이들이 더 생기면 집이 좁을 것 같다고 했다. 좀 있다가 큰 집을 짓고 이사한다는 소리에 나는 기가 막혔다. 식구들이 전부 모여서 이야기하는 중에 방송국 PD가 물었다. "불편하지 않으세요?"라고, 하지만 불편한 것보다는 이제는 익숙해져서 따로 사는 것이 불편할 것 같다는 대답이었다.

그렇다. 이렇게 부딪치고 양보하며 이해하고 사는 것이 서로를 알아가며 성숙해가는 것이 아닐까 싶다. "왜 니나노 빌스"냐고 묻자, 사람들이 신이 나면 "니나노"라며 노래하지 않느냐고 했다. '빌스'는 여러 가정이 한 가정처럼 같이 사는 집이라고 한다. 그 말에 공연스레 내가 행복해지며 훈훈한 정이 느껴졌다.

"니나노 빌스"가 얼마나 흥미롭고 사람 냄새를 풍기며 아름답게 살았으면 방송국에서 그들의 삶을 보여주었을까? 그들이 지금처럼 건강하고 행복하게 살기를 바라며 박수를 보내고 싶다. 맛깔나는 풍경이다.

총각김치 담든 날

오늘은 작은댁의 총각김치 담아 드리러 가는 날이다. 작은어머니와 함께 시장바구니를 끌고 메모를 휴대하고 집을 나섰다.

작은아버지께서 소천하신 지도 벌써 4년이 넘었다. 홀로서기 하신 지가 얼마 되지 않아서 모든 것에 낯설어 하신다. 나는 10년 후에 내 모습이라고 생각하고 특별히 돌보아드리기로 마음먹었다. 입이 짧아 소식(小食)하셔서 반찬에 신경을 쓴다. 조카가 만들어오는 반찬이 맛있다고 하셔서 늘 감사하게 생각한다. 종종 내가 먹으려고 했던 음식을 조금씩 나누어 드리곤 했다.

나는 방문 전에 꼭 전화를 드린다. 필요하신 것을 여쭤보고 사다 드린다. 별로 말씀이 없으신 분이라서 내색은 없으시다. 하지만 고맙게 생각하시는 것 같다. 작은어머니도 있으면 나누어 주시려고 하신다. 작은어머니와 조카이지만 5살 차이이다. 그러니 같이 늙어가고 있다. 작년이 다르고 올해가 다르다. 총각김치를 만들어서 잡수실 만큼 가져다드렸다. 김치가 맛있어서 다 먹고 없다고 하신다. 집이 대학로이긴 하지만 낙산 근처라서 지대가 높다 보니 김치 담기가 쉽지 않다.

작은어머니 댁에 가서 김치를 담아드리면 겨우 네 마음 놓고 잡으실 것 같다.

"조카가 허리가 불편하니 다듬어 놓은 것을 사자고 제의하셨다."

얼마나 고마운가. 총각무 세단쯤 사려고 했다. 그런데 다듬어놓은 것이 많은 양이었다. 떨이로 다 팔겠다고 한다. 나는 울며 겨자 먹기로 그냥 다 사고, 쪽파도 다듬은 것을 반 단 정도 샀다.

집에 오자마자 총각무를 깨끗이 씻어 먹기 좋게 잘라 절여놓고, 육수(다시마, 멸치, 무, 양파)를 만들어 찹쌀가루로 풀을 쑤어 식혀놓았다. 그리곤 쪽파며 양파를 씻어 채반에 놓은 것을 썰어 그릇에 담고 사과를 강판에 갈아놓았다. 게다가 새우젓, 생강, 마늘을 다져놓고 총각무를 뒤집어놓았다. 작은어머니는 도와주시겠다고 총각무를 조금 썰어놓곤 힘이 든다고 하셨다.

그저 텔레비전이나 보시라고 해도 왔다 갔다 안절부절 하신다.

큰 양푼이 없어서 두 개를 준비해놓았다. 이사하면서 지저분하다고 딸이 전부 버렸다고 한다. 혼자라도 있어야 할 것은 다 있어야 하는데, 큰 그릇이 필요 없다고 생각한 것 같다. 양푼 두 개를 놓고 전부 반씩 나누어 담고 양념도 반씩 나누었다. 그러다보니 퍽이나 일이 번거로웠다. 골고루 잘 섞어서 두 개의 통에 담았다. 딸은 사위와 두 식구라 삼분의 이를 담았고 엄마는 나머지를 담았다. 조카도 가져가라고 하는데 떨어지면 또 담아야 하는데 힘들어서 한웅큼만 담아놓았다.

더 가져가라고 성화를 하신다. 무청은 잘 절었고 무는 반쯤 절었다. 양파를 많이 넣어 익으면 국물이 생길 것 같아서 육수를 조금만 만들었다. 그런데 국물이 적다고 하셔서 익으면 국물이 생긴다고 말씀드렸다.

"조카 내년부터는 김치 담지 말자."

그렇게 정성을 들이고 손이 많이 가는 줄 몰랐다고 하신다.

"음식은 전적으로 정성이죠."

제 손에서 뭐가 나오느냐고 말씀드리며 같이 웃었다. 빨리 쉬고 싶어서 집으로 오면서 작은어머니 말씀이 자꾸 귀가에서 사라지질 않는다.

이틀 후에 김치 좀 보시라고 전화를 드렸더니 국물이 없다고 하셨다. 국물이 그릇에 반 정도면 족한데 가 보니 국물이 생각보다 많았다. 안심하며 돌아오는데 간이 심심한 것과 국물이 많은 것이 자꾸 불길한 생각이 들었다.

작은어머니가 풀만 그냥 쑤어서 부었으면 낭패를 볼수밖에 없다. 간을 보시라고 했을 때 참 맛있다고 하셨는데 이렇게 싱거울 수가 있을까. 두 통을 다 손을 보셨으면 어떡하나 걱정이 앞섰다. 그러나 맛이 있었다. 내년에 김치를 담아드릴 수 없는 형편이 된다면 후회할 것 같아서 담아드리려고 했다.

"다시는 김치 담그지 말자"

고 하셨다. 오늘 보시자마자 전번에 파김치가 맛있었다며 시간 내서 파김치 담아서 조카하고 나누어 먹자고 하셨다. 대답을 하고 왔다. 후회 없이 살려고 노력은 하지만 후회가 없을 수 야 있겠는가. 시간이 될때 작은어머니가 좋아하시는 파김치를 담아드려야겠다.

나도 보호를 받아야 하는 7학년 4반의 홀로 사는 노인이다. 그러나 다른 봉사보다 내 집에 작은어머니를 섬기는 것이 당연하다고 생각하고 산다. 이런 것들이 살아가는 힘이고 보람이고 행복이 아니겠는가.

제4부
제 2의 푸른 꿈

제 2의 푸른 꿈

내 지친 황혼의 삶이 마냥 아름답다. 내게 서리가 내리면서 나이테의 흔적 앞에 겸손해 질 수밖에 없다.

어찌 되었건 일모작은 쉼표를 찍고 이모작을 시작한다. 새로운 도전은 어느 때나 설레고 기대가 된다. 만고풍상의 시간들이 보상이라도 해주는 듯 글을 쓸 수 있도록 초벌 바느질의 시침을 한다. 일상을 살아가면서 마음속에 얼룩무늬가 그려지기도 하고 똬리를 틀어 놓는 것도 있다.

깊어가는 겨울 속에 손이 곱은 것도 잊어버리고 그림을 그리고 싶다. 순백 여인의 속살처럼 아름답고 풀을 잘 먹여 다듬질한 옥양목같이 하얀 눈의 나라가 펼쳐진다. 아무도 밟지 않은 눈길을 뽀드득 뽀드득 낯선 소리를 내며 서부의 개척자처럼 흔적을 남기고 떠나간다. 마구 쏟아지는 함박눈은 화살이 되어 나무에 꽂혀

꽃도, 짐승도, 눈사람도 된다.

살벌한 추위가 어느새 외투를 벗기려고 한다. 계절만큼이나 내 마음에도 봄이 도사리고 있다. 겉모습은 하루하루가 낡아가지만 속은 농익은 홍시처럼 나날이 알차고 새로워진다. 아직 바람은 차지만 슬쩍 밀어내고 방긋 웃는 해님의 그림자 아래에서는 훈훈한 바람이 젖가슴을 파고들어 간질인다.

세찬 바람이 불어야 뿌리가 흔들리고 물이 오르고 잎이 나고 꽃이 핀다고 한다. 진한 녹색의 싱그러움이 몸과 마음을 시원하게 해준다. 산안개 속에는 울긋불긋 화려한 물감을 뿌려놓아 그림으로 변해간다. 개천 옆 만개한 벚꽃은 어느새 꽃비를 뿌린다. 졸졸졸 흐르는 물 위에 꽃잎은 사연을 싣고 어디론지 흘러간다.

새벽이슬 머금은 옥구슬은 노래를 부르듯 이파리에서 데구루루 굴러 떨어진다. 겨울잠에서 깨어난 산속의 식구들 다람쥐를 비롯한 저희 세상을 열어 간다. 검붉은 화마의 잿더미 속에 다 타버려 형체도 없는 민둥산에서 새 생명의 싹이 피어나 걸음마로 발을 떼듯 앙증맞은 나무가 자란다. 어느 때가 되어야 제대로 나무 노릇을 할 수 있을까.

문창과 2학년이라는 교수님의 말씀에 용기백배해서 칠학년 중반이 넘은 이 나이에 시를 쓰고 수필을 쓴다는 것은 하늘이 주신 큰 축복이 아닐 수 없다. 이 삼십년 전만 해도 뒷방 늙은이 취급을 받고 제대로 걷지도 못하는 나이인데 노트를 끼고 공부를 하러 다닌다는 것이 한없이 감사하다.

이제 내게도 삶에 여유를 가지고 턱없이 부족하지만 제2의 인생으로 다져 가고 있다.

삶의 축복

나는 팔십까지만 살고 싶다고 기도했다. 건강하게 산다는 보장이 없는 이상, 오래 사는 것이 꼭 축복만은 아닌듯한 생각이 들어서다.

백세시대로 들어서면서 특히 우리나라는 급속히 고령화로 달려가고 있다. 안타깝게도 출산과 반비례한다. 의학의 발달로 인간의 수명이 일백 이십 세를 바라보고 있다고 한다. 몇 년 전만 해도 육십 오세 이상을 노인이라 해서 지하철 승차권이 나오고 노령 연금도 지급 받았다.

지금은 칠십세를 떠올린다. 젊은이들은 칠포세대라나, 결혼이 늦어지고 양육도 어려워서 임신을 하지 않는다. 저 출산과 고령화가 맞물려서 부양책이 문제가 되고 있다. 지금의 현실을 보고 축복이라고 할 수 있을까? 오래 살다보면 좋은 일도 보겠지만 좋지 않은 일이 더 많을 것 같다.

남의 일 같지 않다. 부모님들은 자신들은 생각지 않는다. 자녀들에게 아낌없이 다 퍼 주고 준비되지 않은 노년에는 빈곤에 허덕인다. 평균 십년을 병마와 외로움으로 고통스럽게 살다가 자살하는 노인들이 늘고 있다. 복지관이나, 구청 같은 곳에서 배울 거리나 봉사를 찾아서 자족할 수 있다면 얼마나 좋을까? 어떻게 하루를 의미 있게 보내야 하는지 방법을 모르는 분들이 많다.

외롭다는 것보다 무서운 일은 없다. 우리나라는 노인 복지정책이 잘 되어있다. 그럼에도 도움을 받지 못하는 사각지대의 독고노인들이 많은 것이 문제이다. 자녀들은 있어도 부모를 돌보지 못하기 때문이다. 누구나 골고루 혜택을 누리고 살 수 있다면 좋으련만.

무조건 희생만 하지 않는다면 더욱 좋을 것 같다. 돈 버는 일이라면 무엇이든지 내 몸 망가지는 것조차 생각지 않고 살기 때문이다. 또한 부모님들의 욕심이고 사랑하는 마음과 당신들의 만족일 수도 있다. 자녀들은 그렇게까지 원하지는 않았을 것이다. 자립심부터 길러주며 부족한 부분만 채워주었으면 얼마나 좋을까.

또 서로에게 부담주지 않는 삶이면 좋겠다. 부모가 건강을 잃고 어려운 생활을 한다면 결코 자녀들도 행복하지 않을 것이다. '무자식 상팔자'라는 말이나, '자식이 아니고 웬 수야' 하는 소리가 사라지지 않을까. 어떻게 이럴 수가 있을까 하며 후회할 때는 이미 늦은 것이다. 요사이 뉴스나 신문을 보며 어떻게 이럴 수가 있을까하는 사건들이 꽤 많다. 비정한 부모도 많이 있지만 패륜의 자손들도 더러 있는 것 같아서 모든 이들의 마음을 아프게 한다.

나이 든 부모님들은 격조 있는 노후준비를 했으면 한다. 산과 숲이 아름다운 정원의 행복한 놀이터가 되어 여유를 만끽하며 후회 없는 터전이 되었으면 좋을 것 같다. 첫 만남의 흥분 속에 가슴 떨리며 만났을 때를 잊지 못할 것이다. 자녀들의 섬김 속에서 사랑하며 건강하게 백세를 산 다면 무엇이 걱정이겠는가.

가족 간에 행복한 삶을 공유했으면 하는 마음이다. 이것이 축복의 삶이 아닐는지….

반란(反亂)의 봄

계절은 변덕쟁이인가. 겨울은 순백의 몸으로 설화(雪花)의 아름다움을 뽐낸다. 봄을 재촉하는 겨울의 꽃은 선혈보다 더 극렬한 예쁜 동백으로부터 시작된다.

훈풍과 함께 봄이 오는 소리에 심장이 뛴다. 삭풍 속에서도 독야청청한 소나무도 순식간에 송화(松花)의 노란색으로 갈아입는다. 동·식물이 눈을 부비고 기지개를 펴며 기어 나온다. '나야! 나',하며 뛰어나온 개구리의 아름다운 자태와 계곡물 옆 잎사귀에 물방울이 굴러 내린다. 산과 들이 각양각색의 색동옷으로 갈아입는다.

세월이 얼마나 빨리 달려가는지 잡지 못하고 쫓아간다. 아카시아 꽃 피는 이른 여름이라 고했던가. 계절마다 여왕이 따로 있는가 보다. 쑥, 방풍, 곰취, 두릅 어디 이뿐이랴···.

제철에 등장하는 산나물, 유기농이 보약이라고 모든

사람에게 사랑을 받는다. 백세 시대로 달려가다 보니 건강한 몸이 우상(偶像)이다.

　땅속을 뚫고 나오는 소리가 귓가를 속삭인다. 얼음 속에서 흐르는 물소리, 새 소리가 마치 합주곡을 연상케 한다. 신비로운 자연 속에서 주는 대로 먹고 살며 행복을 느끼려 한다. 차츰 옛날로 돌아가려 한다. 무분별한 개발과 문명의 이기로 인해 편안함이 갖가지 병을 만들어 주어서 일게다.

　젊은 귀농인 들이 사람에게 이롭고, 귀한 종자(種子)를 개발하고 있어서 얼마나 다행인지 모르겠다. 그네들은 새로운 옷으로 갈아입는다.

　바다에서도 꽃이 피어나고 있다. 아름다운 멍게 꽃이다. 줄줄이 달려 나오는 붉은색의 황홀함은 어느 옷에 비유할 수 있으랴. 펄떡 펄떡 뛰는 제주도 갈치, 남해의 멸치는 은빛의 옷이 상상할 수 없을 만치 눈 부신다. 거제도 개조 개는 조개의 여왕이란다. 미역과 김, 바다가재 우열을 가릴 수 없이 한 계절 풍미의 주인공들이다. 옷도 제각기 다르고 아름다움과 멋을 자랑 한다.

빼놓을 수 없는 게 또 있다. 청정지역을 자랑하는 제주도에 끝이 보이지 않는 녹차 밭을 보면 탄성(歎聲)이 절로 나온다. 보성의 녹차 또한 빼놓을 수 없단다. 녹차를 좋아하는 인구가 생각보다 많다. 우리만 마시는 것이 아니고, 매년 수출이 늘어가고 있다. 즐거운 비명이 아닐 수 없다.

세월의 흔적을 본다. 외딴 섬이나 바다 곁에 병풍처럼 드리운 바위는 절경이다. 인간의 힘으로는 근접 할수없는 경이(驚異)로 움이다. 풍상을 겪은 만큼의 진귀함을 뽐낸다. 그랜드캐넌, 요세미티 등 유명한 국립공원을 여러 군데 가 보았지만, 우리의 자연 유산과는 비교할 수 없다. 그래서 금수강산이라고 부르나 보다.

황혼의 노을만큼이나 아름다울 수 있는 새로운 나를 찾아 나선다. 정년(停年)이 훨씬 넘은 나이에 무엇을 할 수 있을까, 곱씹어 본다. 이루지 못한 노년의 꿈을 하나하나 펼쳐가고 싶다. 내게 '청춘' 이라네. 서글픈 마음에 위로가 된다. 억지소리도, 거짓말이라도 듣기 싫지 않다.

계절의 주인들이 무지개 색의 아름다운 새 옷으로

갈아입듯, 내 자신에게도 변화를 주고 싶다. 이것이 내 삶의 진수가 아닐는지. 아니, 노년의 반란은 아닐까. 그래 봄의 반란은 노년의 반란인지도 모른다.

출렁다리 그리고 다향茶香

봄비가 장마철처럼 주룩주룩 내리는 주일 아침이었다.

"교회카페 봉사자들 그동안 수고 많으셨습니다."

라는 인사말과 함께 저녁 식사 모임이 있다고 문자가 떴다. 행선지는 도심의 외곽이었다. 마장호수 출렁다리라고 하며 오후 3시 반 출발이라고 했다. 나들이로는 적격이다 싶어 따라나서기로 했다.

마장호수 출렁다리를 다녀오다가 매운탕을 먹자고 했다. 오후가 되면 갠다고 동료들이 가자고 성화를 부린다. 혹시 글감을 낚을 수 있다면 하는 생각에 쫓아나섰다. 정말 오후가 되니 해님이 빵긋 웃고 나타났다. 비 온 뒤 무지개가 피어오르듯 나무에 반질반질 윤기가 산뜻하고 아름답다. 차세대가 동행했다. 운 좋게 등산, 사진전문가 두 분이 함께할 수 있었다.

가는 도중 경치가 좋은 곳에서 사진을 찍어주는 깜짝 이벤트도 있었다. 전국을 다 다녀본 분들이라서 팔도 여행을 한 것 같다. 못처럼 귀가 즐겁고 눈이 호강하는 날이다. 출렁다리로 가는 중이라서인지 여러 군데 출렁다리 길이 산 모양새, 호수 맛 집, 휴식공간까지 잘 들을 수 있어서 좋았다.

멀지 않은 곳이라서인지 연인들, 가족동반 하여 모처럼 외출을 했으니 차가 밀려서 많은 이야기 할 수 있었다. 평소 서로 바쁜 탓에 봉사 시간에 얼굴만 잠깐 보고 아쉬웠는데 좋은 시간이었다. 지난 이야기 여행 다닌 이야기가 흥미로웠다.

갈 때는 양쪽을 내다보며 낯선 산 모양과 생각지 못했던 나무들이 빽빽하게 많았다. 길가에 영산홍, 모란, 철쭉, 이름 모를 들꽃들이 어우러져 하모니를 이루었다. 대 자연 앞에 누가 겸손하지 않으랴

매운탕에 생선과 미나리, 당면을 건져 먹고 수제비를 넣어 먹으라고 했다. 잘 숙성된 반죽이 주먹만큼 비닐장갑과 함께 나왔다. 생선을 건져 먹으며 강에서 낚시질하는 모습과 물 냄새를 음미했다. 예쁜 박 집사가 열심히 수제비를 얇게 떠어 넣어 주어 모두 맛나게 잘 먹었다. 거기다 라면 사리까지 입이 즐거우니 횡재

를 한 것 같다.

수진집사는 남매와 4식구가 다 왔다. 아이들이 잘 먹는 것이 너무 예뻐서

육수와 반죽을 주문했다. 물에 축여가며 보드라운 반죽을 떼어 넣어주었다.

끓는 국물에 수제비는 앞으로 떨어지고 뒤로 굴러서 제멋대로 수영을 한다. 익기 무섭게 아이들은 호호 불어가며 낚시질을 해 서로 쳐다보며 킬킬거리며 웃는다. 천진난만한 저 아이들이 보배이고 천사가 아니겠는가. 마음이 폭은 해지는 아름다운 풍경이다.

돌아올 때는 한옥마을에서 차를 마시잔다. 얼마나 기분이 좋았는지 모르겠다. 어느덧 해는 떨어지고 별밭을 만들고 있다. 불면증으로 고생하는 나는 그 좋아하는 커피를 마시지 못할 생각에 은근히 속이 상했다. 그러나 마장호수의 멋진 풍경을 머리에 그려놓고 나는 행복하다.

드디어 한옥마을에 내렸다. 멋있는 한옥에 이탈리아풍 서구식으로 인테리어를 해놓고 주류와 칵테일 커피와 전통 차 까지 마실 수 있다. 잔잔한 음악 속 그 분

위기에 푹 빠질 수 있어 역시 매혹적이다.

　매운탕에 수제비를 맛있게 먹는 아이들의 해맑은 얼굴을 잊을 수가 없다. 아이들의 추억 속에 길이 남는 행복한 하루가 되었으면 좋으련만.

　나는 또 한편 의 시<마장호수 출렁다리>를 낭독해 본다.

"마장호수 출렁다리"

녹색 병풍은
호수 언저리를 수놓았고
바람결에 휘날리는
머리카락 눈이 부시다
잎사귀 물방울 머금어 촉촉하고
무지개 색 꽃길, 숲 물이 어우러져
낭만이 피어오른다
호수는 출렁거리는
거울이다
마음속까지 흔들리는 짜릿함을

호수에 떠오르는 출렁다리에
내가 서있다
해넘이 검붉은 아우라가
호수에 그림으로 남는다.

나에게 선물주기

　내게 글은 인생을 가꾸며 꾸며가는 화단 같은 삶이다. 마음속에 자리 잡은 노여움, 서러움 그리고 외로움을 모두 털어버릴 수 있는 통로라고나 할까.

　글 쓰는 작업이 쉽지 않아도 나는 이 길을 묵묵히 가고 있다. 벽난로에 불을 피우듯 나의 식지 않은 조그마한 열정을 불사르고 싶다. 나를 돌아보며 지난 발자취를 마치 영화 한 편 보듯 돌려본다. 흔적을 남기고도 싶고 지워버리고도 싶다. 어차피 영화를 찍고 나면 대박이 나도 혹 망해도 돌려놓지 못하지 않은가.

　그저 내일이오면 오늘보다 또 다른 영근 내일이 기다리고 있을 것 같다. 한없이 부족한 글이지만 지인들의 공감과 격려에 반갑고 고마우면서도 등에서 땀이 흐른다. 수필은 그나마 훌륭한 교수님께 수학해서 겨우 길을 찾은 것 같다. 시는 도반의 권유로 학습을 시작 했지만, 아직 홀로 서기로 노력하고 있다. 시의 길로 인도한 문인은 시작은 같이했지만, 천부적으로 타고난 글쟁이 이다.

도반의 열정은 어디까지인지 한없이 부럽기만 하다. 2년여 동안에 시와 수필 저서가 20여 권이 넘었다. 나는 상상도 못 할 일이다. 세상에 부러운 것이 없다고 생각하고 살았다. 하루에 시를 3~4편을 썼다고 이야기하면 입을 다물지 못했다. 다작(多作)이라고 해서 수필과 시가 부족하다고 생각할 수 없다. 어쩌면 이런 표현을 할 수 있을까, 그저 놀랍고 또 신기하기까지 하다. 그로부터 도전을 받아서 열심히 노력하고 있다.

내게 주신 달란트를 귀하게 생각하고 거북이 걸음이라도 천천히 가고 있다. 늦게 시작한 문인의 길이지만 잘 다져가며 문향(文香)을 피울 수 있다면 좋겠다. 2016년에 수필에 등단했고, 올해는 시로 등단했다. 도반의 글이나 선배님들의 아름다운 글을 읽어가며 행복한 마음속에 풍성한 감성을 배우며 가려고 안간힘을 쓰고 있다.

다사다난했든 매듭 달을 보내며 생각해 본다. 옛날 생각이 나서 옷을 챙겨 입고 명동으로 향했다. 내리는 곳은 명동입구가 맞는데 너무 변해서 분간을 못할 정도이다. 그 당시는 롯데가 없었고 산업은행과 미도파가 있었다. 그 넓었던 길이 오늘은 얼마나 좁은지 새삼 놀랐다.

유네스코회관 자리에 쇼핑센터가 있다. 둘러보다가 진열해놓은 밑에 빨간 앵글부스가 눈에 들어왔다. 몇 달 전부터 빨간 구두가 신고 싶었다. 억울하고 힘든 일도 기쁘고 즐거운 일도 많았다. 올 한 해를 오늘까지 잘 참고 견뎌준 자신이 대견했다. 내게 상을 주실 분은 하나님 한분뿐이시다. 그러나 상을 받고 싶은 마음이 들었다. '이거다.' 빨간 구두의 값을 보니 육만 구천 원이었다. 5만 원정도면 사려고 생각했다. 그냥 지나쳐 가다가 다시 보니 삼만 구천 원이라고 가격표가 붙어 있었다.

점원을 불러서 왜 값이 틀리냐고 물어보았다. 어제까지는 그 값에 팔았는데 오늘부터는 "세일"이란다. 너무도 기분이 좋아서 신어보고 적절한 가격이라 샀다. 헌 구두는 쇼핑백에 넣고 새 구두를 신고 행복한 마음에 흥얼거리며 추운 줄도 모르고 걸었다. 명동에서부터 걸어서 충무로에서 지하철을 타고 집으로 돌아왔다.

걸어오는 길이 가볍고 날아갈 것 같이 행복했다. 내가 나에게 선물을 준다는 것이 왜 이렇게 마음이 설레일까. 이것이 나만의 아우라가 아닐는지.

제5부

늦가을 끝자락에서

늦가을 끝자락에서

변산반도를 향해 출발하면서 휴게실마다의 특산물을 맛보며 향수를 느꼈다. 정안알밤휴게소에서는 군밤을 먹으며 가을을 맛보았다. 김제를 지나가며 바람에 하늘거리며 쓰러졌다 일어서는 억새를 보고 넓은 평야 끝 지평선을 보며 곳곳마다 다른 계절의 특징이 있다는 걸 알았다.

변산반도국립공원을 돌아보며 형형색색의 만추를 만끽하고 내소사에서는 이곳저곳 자리한 한옥을 둘러보는데 한 나무에서 희귀한 글이 눈에 띄었다. "나는 봄, 가을 일 년에 두 번 피는 춘추벚꽃입니다"라는 푯말을 보며 깜짝 놀랐다. 눈을 의심하지 않을 수 없었다. 정말 벚꽃이었다. 벚나무 한 그루가 꽃이 만발하였다. 사람들이 모여들어 한마디씩 탄성을 지른다. 국립공원을 지나 부안의 곰소항으로 길을 잡았다. 이곳도 단풍이 절정에 접어들어 보이는 곳마다 눈 호강이다. 마침 이곳 매점에 모자가 예쁜 것이 있다고 동행한 아우가 사주어 이미지 사진을 찍어주는 따뜻한 마음에 행복이 이런 거로구나 했다.

일출과 일몰의 명소 전북부안군 곰소항에는 보이는 곳이 거의 다 젓갈공장이라고 해도 과언이 아니다. 점심은 백합탕과 젓갈백반을 먹고 마음에 드는 젓갈을 한 통씩 구입하고 즐거운 마음으로 채석강을 지나 예약해놓은 소노벨변산호텔로 향했다. 여정을 풀고 숙소 식당에서 저녁을 먹고 일몰을 보기위해 테라스에서 기다리다가 마침내 처절하도록 아름다운 일몰을 보았다. 보면서 뜬금없이 어떤 한을 풀지 못하고 쓸쓸히 돌아가는 나그네 같다는 생각에 어깨를 털었다.

내일아침은 일출을 봐야지 하며 설레는 마음으로 잠을 청했다. 아침에 일찍 일어나 따끈한 커피를 마시며 일출을 기다렸다. 새소리와 바람소리밖에 들리는 소리가 없어 쓸쓸한데 곧 용광로 같이 훨훨 타는 해가 서광을 비추며 머리를 내밀어 올라오는 모습이 장관이다. 만물을 살리려고 그 큰 덩어리를 무거운 줄도 모르고 떠받쳐 올라와서는 훌쩍 떠나간다.

반세기 전 고등학교 수학여행 때 경주 토함산에서 처음 해돋이를 보고는 이번이 두 번째인 것 같다. 아침은 숙소에서 먹더라도 저녁은 운치 있는 해변 식당에서 먹었더라면 하는 아쉬움이 남았다. 점심은 군산항에서 꽃게탕, 간장게장과 젓갈을 먹으려고 출발하면서 채석강을 둘러보기로 했다. 썰물 때라 고운 모래뿐 몽돌은 없고 잡석만 눈에 띄었다. 중국의 이태백이가 배를 타고 술을 마시다가 강물에 뜬 달을 잡으려다 빠져죽었다는 그 채석강과 흡사하여 지어진 이름이 자연명소의 이 곳 채석강이라고 한다.

군산항으로 향하여 새만금 방조제를 지나가며 수은등이 십자가로 보여 기도하며 건너는데 길이가 33,9km라고 하니 가도 가도 끝이 보이질 않았다. 가면서 오른쪽은 간척지이고 왼쪽은 허허 바다 이다. 바다를 끼고 한식경쯤 가다보니 군산항에 도착해 소개받은 집을 찾아 맛난 점심을 먹었다. 즐거운 마음으로 귀경길에 천안휴게소에서 특산물인 호두과자를 사서 한 봉지씩 들고 먹으며 서울에 도착했다.

바쁜 시간을 쪼개어 장모님과 처형을 모시고 즐겁고 행복한 여행을 실행한 동생내외에게 심심한 감사의 말을 전하고 싶다.

"늦가을 끝자락에서"

붉은 화폭에 새들이 그림을 그린다
흩어져 나뒹구는 낙엽들
그것들은 어디로 가는 걸까

늦가을 밀어들을 마음에 품어본다
갈바람이 불면 서쪽 방향으로 휩쓸리고
짓밟히며 선혈을 뿌린다

매미처럼 한 계절을 풍미한 생이다

그것들은
훨훨 타서 그림자만 뿌려놓고
그렇게 계절은 저물어 간다.

내가 체험한 기적의 40일

　제게 주시는 40일의 기적을 맛보려고 하루하루를 설렘과 기대로 기도하며 행복하게 잘 끝났다.

　한 달 전부터 목사님들과 찬양 팀, 전기를 비롯해서 모든 스태프들, 우리 성도들 40일 사경회가 무사하게 잘 끝날 수 있게 해주시라고 기도로 준비 했다. 전체 지역 모임에 참석했다가 가나의 집 앞에서 발목이 삐끗했다. 깜짝 놀라서 다리를 만져보니 시큰시큰했다. 어쩌나 싶어서 걸어보니 힘들었다. 그러나 기도 했으니까 괜찮겠지 하면서 불편한 다리로 집으로 돌아왔다.

　더운 물에 다리를 담갔다가 씻고 눌러보았다. 괜찮았다. 매일같이 일찍 깨워 주시라고 기도하고 잠을 청했다. 놀랍게도 40일을 4시에서 20분 전후로 꼭 깨워주셨다. 5시 전후로 교회에 도착하여 기도하며 찬양으로 마음을 열었다. 교회에 갈 때는 기도를 하면서가고 돌아오는 길은 찬양을 부르며 집으로 향했다.

　하루하루 목사님께서 주시는 말씀이 제게 주시는 말

씀이어서 눈물도 흘려가며 이런 말씀도 있었네! 깨져가며 다듬어 가고 있는 저를 보았다. 환경은 하나도 변한 것이 없는데 걱정이 사라지고 , 마음이 풍성해졌다.

기도 제목 6개를 정해놓고 기도했다. 40일 전에 4개가 이루어졌고 2개는 지금도 기도하고 있다. 2년을 울면서 기도했던 '임부경'자매가 부활절 전부터 지금까지 1부 예배를 드리고 있다. 물론 아침마다 그 집으로 데리러 가서 같이 교회로 온다. 그래도 나는 행복하다.

세례공부를 하게 해주시라고 기도중이다. 이번에는 토요일에는 2번의 이벤트가 있었다. 종로에 거주한지가 10년이 넘었는데도 청개천도 낙산도 가보지 못했었다. 청계천에는 치어들과 팔뚝만한 붉은 잉어가 어찌나 많았던지 장관이었다. 멋쟁이 목사님께서 같이 동참한 성도들에게는 맛난 커피를 선물해 주셨다. 그 다음 토요일은 속이 시원해지는 낙산의 벚꽃이 휘날리는 꽃길을 걸었다.

새로 단장한 본당에 천정과 조명이 쳐다볼수록 아름답고 성령과 은혜가 가득함이 느껴졌다. 공사를 담당

하신 장로님들께서 전심을 다하시고 고생하셔서 저희 성도들을 감탄하게 만들어 주셨다.

토요일 마다 공동식사를 담당하신 권사님을 비롯한 여러분들께서 는 너무 맛있게 잘 준비해주셔서 드릴 말씀이 없을 정도로 잘 먹었고 감사했다.

저 뿐만 아니라 모든 성도 분들의 은혜 받고자 하는 마음과 열정이 2,3층까지 대단 했다. 저는 특송을 3번 이나 했다. 성가대석에 서니까 졸고 있는 분들이 얼마나 잘 보이는지요.

목사님 설교하시면서도 이렇게 다 보셨겠구나, 이른 새벽에 나와서 졸면서도 참여하려고 나오신 성도님들이 귀하게 느껴지셨을 것 같다.

40일 참석하신 분들 기념사진을 찍어 사진틀에 넣어 선물로 주셨다. 참 이색적 이었다. 앞에서 찬양하시는 분들 얼굴만 보아도 그냥 은혜가 되었다. 의상을 통일하며 일찍 준비하는 모습에서 저 분들이 기적을 제일 많이 체험하겠다 싶었다.

아침마다 스티커를 받는 재미도 쏠쏠했다. 특히 어린 아이들과 학생들이 많이 나온 것과, 특송 시간에 악보를 들고 눈에 빛이 나는 아이들을 보며 이것이 기적이구나, 물론 눈을 못 뜨는 아이고 있었다. 아침마다 맞이해주시는 부목사님께 "좋은 하루되세요."라고 매일 같이 인사를 했다.

목사님께서 "집사님 오늘은 제가 먼저 좋은 하루되시라고 인사했습니다."그러셔서 한바탕 웃었다. 활짝 웃고 시작하는 새벽기도가 얼마나 행복 했습니까?

40일이 언제 지나갔는지 모르게 지나간 것 같았다. 기도가 능력이라는 생각이 들어서, '하나님 곁에 가는 순간 까지 새벽기도 하게 해주세요.'라고 기도하고 40일이 끝나고 매일 새벽에 교회로 향하는 발길이 가벼웠다. 그러던 중 친정어머니가 병원에 입원하셔서 3일을 빠졌고, 주위가 무탈해야 새벽기도도 할 수 있구나 싶어서 기도제목을 바꾸었다.

담임목사님께서 다양하게 안수시간을 주셔서 참 좋았다.(가까이하기엔 너무 먼 목사님이신 것 같았는데 직접 안수를 해주셨으니 얼마나 행복 하셨겠습니까). 제가 큰 은혜를 받아서 그런지, 우리 교인들도 모두 범상치 않은 큰 은혜 받은 것 같았다.

담임목사님께서 병나실까봐 걱정했는데 하나님께서

지켜주셨다. 40일이 적은 날이 아닌데 무사하게 잘 끝난 것이 다 하나님의 전적인 은혜이다.

하나님께 감사드립니다. 샬롬

광풍바이러스

사스가 왔다간 다음해 2020년 초에 코로나19가 들이닥쳐 처음에는 잠시 머물렀다가려니 별치 안게 생각했다.

확진 자가 신천지로부터 시작되어 여기저기서 기아급수 적으로 늘어났다. 재 확산이 되면서 먼저 종교집단부터 시작하여 예배가 중단되고 교회는 고난주간이 시작되었다. 크리스챤들을 주범으로 생각하며 배척하기 시작했다. 학교, 어린이집, 유치원이 휴교를 했다. 병원부터 요양병원 까지 정신 차리지 못하게 퍼진다. 우리나라만 그렇다면 문제는 없는데 전 세계가 몸살을 앓고 있다. 처음에 유학생들을 막아야 했었는데 안일하게 대처해서 큰 어려움을 겪었다.

평생을 교회에서 뼈가 굵은 어르신들이 예배를 못드리고 유튜브로 드리는 예배는 드리실 수가 없고 막

막하다고 들 하신다. 교회 못 나온 지가 열 달이 넘어서 교인들 얼굴을 모르신다는 어르신도 계시다. 얼마나 마음이 아픈지 사진을 카톡으로 보내드리고 따님보고 보게 해달라고 알려드렸다. 보시고 고맙다고 전화를 하셨다. 언제나 마음 놓고 예배를 드릴 수 있을지 일각이 여삼추다.

광풍바이러스는 마스크를 쓰지 않는 나라들로 확산되어 문제가 되어 비행장이 폐쇄가 되고 모든 비즈니스가 중단상태이다. 다른 나라들을 이야기해서 무엇하랴. 우리나라는 지금 심각한 상태에 봉착해있다. 승무원들과 엔지니어들 공항에서 일하는 모든 분들이 기약 없이 많은 어려움을 겪고 있다. 기업이 도산 되고 영세민들은 손을 놓고 있을 지경이다. 국가보조가 있다고는 하지만 언제까지 일지 막연하다.

사회적 거리두기에 최선을 다하고 있다. 병원에서는 중환자들이 간병인에게 보호를 받고 식구들은 필요한 옷이나 간식을 간병인을 불러서 전달한다. 나중에는 가족들은 임종도 못하고 간병인이 임종을 해야 하는 기막힌 일이 현실이 되었다. 수술환자들도 보호자한사람만 수술 끝날 때까지 기다려 얼굴한번 보면 그 것이 끝이다. 다른 환자도 마찬가지 이지만 특히 암 환자들은 가족들의 위로를 받으며 고통을 이겨야하는데 면회를 할 수가 없다. 이것이 재앙이고 재해이고 광풍이지 무엇이 재앙이고 재해이고 광풍이겠는가.

결혼식은 줄줄이 연기가 되고 두 번 세 번을 연기한 신랑신부도 있다. 웃지 못 할일이다. 지금은 1단계라고는 하지만 마음을 놓을 수 없다고 걱정을 한다. 피가 끓는 연인들은 모처럼 만나는 데 반가운 마음뿐 끌어안지도 못하고 손잡는 것으로 스킨십을 대신한다. 식탁과 차탁사이에도 거리두기를 하며 대각선으로 앉는다. 아쉬움이 어찌 그뿐이랴. 휴가철이 되어도 휴가도 즐기지 못하고 여행한번 재대로 못 가는 형편이다.

각 노인복지관이나 경로당도 쉼터도 폐쇄가 되어 노인들이 갈 곳을 잃고 우울증에 시달리는 어르신들이 많다고 한다. 늦게나마 취미를 찾아 배우고 공부하던 것을 하루아침에 손을 놓고 나니 즐거움을 잃어버리고 많이들 힘들어 하신다. 하루속히 코로나가 종식되어 모든 것이 일상으로 돌아온다면 이것이 기적이 아닐는지.

광풍 바이러스

사스를 겪고 났더니 이번에는
코로나 19가 지구촌 곳곳을 급습하고 있다
눈에 보이지도 않는 바이러스에
만물의 영장이라 부르는 인간은 얼마나 무력한가
사회적 거리두기를 하고
복면강도처럼 마스크로 얼굴을 가리고
광풍바이러스에 우린 어떤 경종이라도 듣는가
그러나 어둠이 빛을 이긴 적 없으니
죄와 함께 이 지구촌 게릴라들도 슬쩍 살아지겠지
세월은 모든 것을 빨아드리는 블랙홀
먹구름이 햇빛을 가리는 일도 잠깐 아닌가
불현듯 가을 하늘을 올려본다.

그리스도의 집안(식구들)

성경은 꾸밈이 없고 담백한 예수그리스도의 이야기이다. 구원 역사를 이루시기 위해서는 나라와 사람을 가리시지 않으시는 하나님이심을 보여주고 있다. 동정녀 마리아, 다말, 라합, 룻, 우리아의 아내 밧세바 등약한 사람을 들어 쓰시는 하나님의 뜻을 보여주시며 여인들의 이야기를 풀어나간다.

마리아는 그냥 평범한 요셉의 정혼한 여인이다. 그녀에게 성령이 임하시어 우리의 구원자 이신 예수그리스도가 아주 작은 마을 나사렛에 말구유에서 탄생되셨다. 남편 요셉은 동거하기 전 임심함을 알고 가만히 끊고자 한 의로운 사람이다. 성령의 말씀에 따라 두려움 없이 마리아를 데여왔고 아기가 태여 날 때 까지 동침하지 않은 정의와 지혜로운 사람이다.

이삭과 리브가 사이에 쌍둥이로 태어난 (에서와 야

곱 중) 야곱은 에서의 발을 붙잡고나온 동생이다. 속이고 속는, 빼앗고 빼앗기는 야곱은 레아와 종 실바, 라헬의 종 빌하까지 네 명의 부인 속에서 열두 명의 자녀를 두었다. 유다는 야곱의 큰 부인 레아의 네 번째 아들이다. 유다는 엘, 오난, 세라 아들 셋을 두었다.

엘(이) 부인 다말에게서 자손이 없이 죽은 뒤에 그 시대에 율법대로 오난을 다말에게 주었으나 자기가 낳을 자녀가 형의 자녀가 되는 것을 원치 않아 질외 사정을 하여 하나님 앞에 죄를 범하여 죽이셨다. 유다는 세라마저 죽을까 두려워하여 다말을 친정으로 보내놓고 세라를 보내지 않았다.

그 때에 유다의 아내가 죽고 홀아비가 된 시아버지에게 접근한 다말은 죄 인 줄 알면서도 창녀로 변신하여 시아버지로 하여금 대(代)를 잇기로 생각하고 대신 양한마라를 준다하고 도장과 지팡이를 담보로 받았다. 창녀에게 댓 가를 치르려고 다음날 양을 가지고 갔더니 창녀는 없었다. 삼 개월 쯤 후에 다말이 임신한 것이 알려져 그 지역의 법대로 처형을 당하기 직전에 도장과 지팡이가 애기 아버지라 하여 시아버지에 용서를 받고 유다는 다말이 옳았고 내가 잘못했다고 사과를 했다. 베레스와 세라쌍둥이를 낳았다. 인(人)본적인 생각으로는 인륜에 어긋난 패륜적인 끔찍한 일이지만 신(神) 본적으로 생각하면 그 분의 선하신 섭리이다. 하나님의 구원 계획은 이렇게 계속 된다.

여호수아가 싯딤에서 정탐꾼 두 사람을 보낸다. 그 땅과 여리고를 엿보라 하여 그들이 라합이라 하는 기생집에 유숙했다. 정탐꾼이 나합의 집에 들어 온 것을 주민이 왕에게 밀고하였고, 군인들이 오기 전에 그들을 지붕위에 숨겨주었다.

라합은 정탐꾼들이 누군지 모르지만 오기는 했는데 해가 지기 전에 성문으로 나갔다고 거짓을 고하고 그들에게 너희의 하나님의 능력을 내가 들어서 알고 믿는다. 내가 너희에게 선대하였으니 너희도 내게 선대하여 우리가족을 구원할 증표를 달라하였다. 정탐꾼들은 여리고 에 우리가 들어 올 때, 이 집 창문에 붉은 줄을 묶어놓으면 이 집안에 있는 사람들은 전부 구원을 받는다고 하였다. 목숨을 건 대단한 믿음이다. 이스라엘을 승리로 이끌어준 기생 라합은 보아스의 어머니이며, 다윗의 고조모이다. 라합을 통한 구원 역사는 이렇게 계속된다.

유다 베들레헴 에브랏 사람 엘리멜렉과 그의 아내 나오미는 흉년을 피하여 두 아들 말론과 기룐 네 식구가 모압 지방으로 가서 살았다. 그곳에서 며느리 둘을 얻었다. 한 사람의 이름은 오르바요, 한 사람의 이름은 룻이다. 남편 엘리멜렉이 10년쯤 후에 죽고, 두 아들마저 죽고 세 과부만 남았다. 나오미는 두 며느리를 놓아주기로 결심을 하고 친정으로 보내려고 했는데 오르바는 시어머니에게 입마추고 떠났다.

룻은 죽기 전에는 시어머니를 떠나지 않는다고 베들레헴으로 따라왔다. 룻은 나오미의 바랄 것 없는 과부 시어머니를 이삭을 주어 지극정성으로 섬겨 연명을 하였다. 하나님께서는 큰 선물을 준비하셨습니다.

나오미는 며느리 룻에게 감사하여 보아스의 여자가 되는 길을 열어주었다. 종의 신분으로 보아스의 아내가 되어 오벳을 낳고 오벳은 이새를 낳고 이새는 다윗을 낳았다.

이곳에서 예수그리스도가 탄생되는 기막힌 역사가 이러난다. 하나님의 놀라운 섭리를 깨닫는다. 룻은 다윗의 조모이다.

우리아는 다윗왕의 병사이고 밧세바의 남편이다. 다윗 왕 때에 들어서서 그 때가 태평성대이다. 왕이 전쟁에 출정을 하지 않고 왕궁옥상을 거닐다 여인의 목욕하는 모습을 보고 음욕을 품고 유부녀인 것을 알고도 불러다가 간음을 했다. 지금 말로 하면 권력형 성폭력이다. 밧세바가 임심한 것을 알고 우리아와 합방을 시키려고 하는 데 정직한 우리아는 전우들은 고생을 하는데 부인하고 회포를 풀 수 없는 정직한 사람이다. 부하에 대한 배려가 아니라 아기의 아버지를 만들기 위한 함정이었다.

우리아는 전쟁에서 전사하고, 상을 치루고 나서 다윗의 부인이 되었다. 그 벌로 하나님께서는 다윗과 밧세바사이의 아기를 데려가셨고, 그 가문에 칼이 떠나지 않았다. 밧세바는 다윗왕의 총애를 한 몸에 받은 왕비며 솔로몬왕의 어머니인 것뿐이다.

처음에는 다윗의 말씀대로 잘 지켰으며 일천번제를 드렸으므로 너무도 대견하여 하나님께서 무엇을 줄까 할 때 솔로몬은 하나님의 백성을 잘 다스릴 지혜만을 구했다. 구하지 않은 것 까지 다 주신 하나님의 사랑을 받는 지혜의 왕이라고 불리었다. 하지만 하나님만 섬기지 않고 처첩들의 나라의 신들을 드려다가 우상숭배의 천국을 만들어놓았다.

이렇듯 "그리스도의 집안"은 불륜을 미화 시키지 않고 우리네 사는 삶 을 있는 그대로 조명하듯 했다. 동정녀 마리아, 다말, 라합, 룻, 우리아의 아내 밧세바. 선뜻 내놓지 못할 범상치 않은 그리스도 집안의 여인들의 이야기이다.

서울 四대문의 안팎

태조 이성계는 조선왕조 도읍지인 한성부의 경계를 표시하고 외부의 침임을 막기 위해 한양도성을 축조하였으며, 4방위에 4개의 큰 문(흥인지문, 돈의문, 숭례문, 숙정문)과 그 문마다 4개의 작은 문(광화문, 소의문, 혜화문, 창의문)을 세우고 그 사이 적당한 곳에 9개의 암문(巖門)과 2개의 수문을 건축하였다.

성문(城門) 기능을 한 한성(漢城) 4대문은 흥인지문, 돈의문, 숭례문, 홍지문이다.

[경성 8문]

정남(正南)은 숭례(崇禮)라 하며 속칭으로 '남대문'이라 부르고, 정북(正北)은 숙정(肅淸)이라 부르고, 정동(正東)은 흥인(興仁)이라 하며 속칭으로 '동대문'이라 부르고, 정서(正西)는 돈의(敦義)라 하며 속칭으로 '신문(新門)'이라 부르고, 서북(西北)은 창의(彰義)라

하고, 동남(東南)은 광희(光熙)라 하며 속칭으로 '남소문(南小門)'이라 하고, 서남(西南)은 소덕(昭德)이라 하며 속칭으로는 '서소문(西小門)'이라 부르고 또 수구문(水口門)이 있어 이 양문으로 장사지낼 사람이 드나들었다.

❑ 동대문(東大門)

서울특별시 종로구 동쪽에 있는 성문으로 1963년 대한민국 보물 1호로 지정되었으며 속칭 '동대문'이라 부른다.

1996년 일제강점기 문화재 재평가작업을 통해 '흥인지문(興仁之門)'이라는 본래 이름을 되찾았다.

조선 초부터 창건하기 시작해 1398년(태조 7년)에 완성되었으나 지대가 낮아 땅을 돋운 후 건설해야 했기 때문에 다른 성문을 건립할 때보다도 오래 걸렸다고 한다. 축조 당시 성문의 이름은 흥인문(興仁門)이었다. '흥인(興仁)'이란 어진 마음을 북 돋운다는 뜻으로, 유교사상의 덕목인 '인(仁)'을 의미하는데 서울의 동쪽은 오행 상 목(木)이요, 인(仁)을 상징한다.

서울의 풍수에서 볼 때 좌청룡에 해당하는 낙산(駱山)이 우백호에 해당하는 인왕산에 비해 빈약하다 하여, 이를 보강하기 위해 꾸불거리는 산맥의 모습을 한 '지(之)'라는 글자를 이름의 중간에 넣어 동대문을 흥인지문(興仁之門)이라고 하고 세로로 (田자로) 현판을 달아놓았다. 도성의 4대문 가운데 2층 문루를 갖춘 곳은 숭례문과 흥인지문 두 곳으로 문루에는 유사시 군사를 지키는 장수들이 머물 공간이 마련되어 있다.

　조선 후기 다포계 성문건축의 특징을 잘 보여주는 건물로 조선 후기의 건축 양식을 보여주고 있다.

　낙산의 성곽이 연결되어 혜화문으로 하여 북악정까지 이어지고 남산으로 돌아서 남동문(광희문)이 있어 사대문 밖과 안으로 불린다.

　낙산이 봄에는 진달래와 개나리 산수유 벚꽃이 꽃비를 뿌린다. 여름에는 야생화를 비롯한 꽃들이 산을 알록달록 물 드리고 가을 단풍, 겨울의 설경 또한 예외는 아니다. 조화로운 경치에 야경이 제일 아름다운 곳으로 연인들의 데이트 장소로 손꼽히는 곳이다. 외국인들도 많이 찾는 명소이다.

　혜화동 로터리부터 미아리로 가는 길가에 동소문(홍

화문) 또는 혜화문이라고도 불리는 전각이 있다. 시구문(屍口門)은 망나니로 하여금 사형으로 처형된 사람들이나 죽은 사람들이 밖으로 버려지는 문이다.

□ 돈의문(敦義門)

돈의문은 오행 상 금(金)이요, 의(義)를 상징하는데, 일제의 도시계획 때문에 철거되어 역사의 뒤안길로 사라졌고 안타깝게도 새문안이니 신문로니 하는 지명만 남아 있다.

옛날에 서소문(西小門)은 소년이 죽으면 이 문을 통해 애고개(兒峴嶺)에 묻히었다고 한다. 지금의 아현동을 말하는 것 같다.

내사문(內四門)은 경복궁의 4대 궐문(闕門)으로 광화문(光化門), 신무문(神武門), 건춘문(建春門), 영추문(迎秋門)이다.

광화문은 경복궁의 남쪽에 위치한 정문으로 왕의 큰 덕이 온 나라를 비춘다는 의미로 광화문이라 불렸다고 하며, 서울특별시 종로구 세종로에 있는 신무문은 북악산 남쪽에 위치한 경복궁의 북문이고, 건춘문은 경복궁의 동문으로, 봄에 해당하는 의미에서 건춘문이라 하였으며, 누각에 놓인 태극은 원상 속에 양과 음이 위아래로 상대하고 있는 형태로 음양의 조화, 영원, 벽사를 상징한다. 영추문은 경복궁의 서쪽에 위치한 문으로서 가을을 맞이한다 하여 영추문이며, 천장에 백호가 그려져 있다. 서소문에는 소의문(昭義門)과 소덕문(昭德門)이 있다.

❏남대문(南大門)

숭례문(崇禮門)은 현존하는 서울의 목조건축물 중 가장 오래되었으며 1962년 국보 제1호로 지정되었으며 속칭 '남대문'이라 부른다.

1934년 일본이 '남대문'으로 문화재 지정을 했으나 1996년 '숭례문'으로 명칭을 환원했다.

서울의 남쪽은 오행 상 화(火)요, 예(禮)를 상징한다. 예를 숭상하는 동방예의지국의 뜻을 세우고 서울의 정문임을 알게 하기 위하여 숭례문의 현판은 남쪽의 관악산이 뒤쪽 북악산보다 비록 낮지만 화기를 누르기 위하여 세로로(田자로)세웠다고 한다.

앞면 5칸, 옆면 2칸의 누각형 2층 건물로 석축 중앙에 무지개 모양의 문이 세워져 있고, 지붕은 우진각 지붕이다. 다포 양식의 공포를 얹은 위층은 외삼출목, 아래층은 외이출목으로 구성되어 조선 초기 건축의 특징을 잘 보여준다.

2008년 2월 10일 방화 화재로 석축만 남긴 채 누각 2층 지붕이 붕괴되고 1층 지붕도 일부 소실되었다. 5년여에 걸친 복원 공사 끝에 2013년 5월 4일 준공·공개되었다. 500년이 넘은 금강 송(松)을 남대문의 자재로 사용했다고 한다.

☐ 북대문(北大門)

홍지문(弘智門)은 오행 상 토(土)요, 지(智)를 상징하며 현재 삼청동 터널 위쪽에 복원해놓은 숙정문이다.
풍수지리상 음기가 침범하여 서울 부녀자들이 문란해진다 하여, 상명대학교 앞쪽에 음기도 차단하고 통행할 수 있게 서쪽에 만든 문이 홍지문(弘智門)이다.

북문 또는 자하문, 창의문은 보물1881호이다.

북(北) 소문인 창의문(彰義門)은 자하문(紫霞門)이란 애칭으로 널리 불리었다.

숙정문이 항상 폐쇄된 채 제 구실을 못하였기에 이 문이 그 문의 역할까지 도맡지 않을 수 없었다. 그러하기에 사람들은 창의문을 늘상 북문(北門)이라 불렀던 것이다. 도성의 북쪽 교외로 빠지거나 가까이는 세검정과 북한산으로 가자면 이 문이

관문이기에 이용도가 적지 않았다.

이 자하문은 4소문 중에서 그 원형을 유일하게 보존하고 있는 문이다. 등치로는 건축면적 49.587㎡(15평) 안팎의 조그마하지만 매우 단단하고 굳건한 기풍을 풍기는 건축물이다.

이 문 근처에는 자하(보랏빛의 노을)가 많이 끼어서 서울내기들은 세검정 일대를 두고 자문 밖이라 하였고, 그 옛날에는 그 자문 밖에 자두나무 밭이 많아 자두의 생산지로 경치가 뛰어나 초등학교 때는 소풍의 장소이기도 했다.

서울에는 우리가 잘 모르는 명소가 아주 많다.

한 쌍의 수석

먼저 동해에서 올라온 수석 한 점

눈 뜨면 마주보고 웃고

외출에서 돌아오면 쓰다듬어주며 웃었다

그렇지만

너 혼자 하루 종일 심심했겠구나 생각했던 것인데

엊그제 청평이 고향인 수석한 점 꿈같이 맞이하였다

고요 깊은 산 골 겹구름 그림자 아래에서

나무의 귀를 툭 치는 바람소리를 듣는

나란히 부부처럼 마주한 수석 한 쌍

너희는 이제 외롭지 않겠구나! 한다.

코사지

아침마다 오는 꽃 배달

오늘은 무슨 꽃일까 기다려진다

또 다른 꽃을 만날 때마다 그리움은 자라고

지금 배달된 꼬리조팝나무 꽃

이름은 투박하지만

어떤 싱그러운 비밀을 숨긴 듯

연 핑크에 꽃잎보다 술이 긴 꽃의 황홀에

잠깐 눈을 감는다. 눈썹이 젖는다

내 왼쪽 가슴 한 점을 베어간 이는 누구신지

문득, 이 꽃으로 코사지를 만들어

베인 곳의 공허를 채운다.

초점 잃은 손

마음 같이 안 되고
머릿속이 하해진다
하염없이 붉어지는 얼굴
숟가락 들기 어설프고
펜 잡기 을씨년스럽다
면봉은 더듬거리며
삭은 그릇은
언제라도 부서질 수 있다
자꾸 서러워지는 마음은
잡초 같이 자란다
몸이 마음을
따라가지를 못한다

창밖의 어떤 영혼

창밖 다릅나무 한 그루
무성한 초록이 하늘의 눈을 가리고
뭇 새들 나뭇가지 이리저리 옮겨 앉는다
연가를 부른다
밀당을 한다 한껏 사랑놀이를 한다
설익은 햇살 서늘한 바람 을씨년스런데
시끌시끌하던 소란도 이제는 위로가 된다
그런데 언제부턴가
그들 한마당의 뮤지컬이 끝나고
갑자기 정적이 무거워질 때 내다보면
나무 중간의 굵은 가지에 앉은 낯선 손님
이름 모를 큰 새 한 마리
낮은 목소리로 내게 뭐라 말 걸어오지만
나는 알 수가 없고 다만
나를 지켜주려는 어떤 영혼이 아닌가
문득 생각이 든다.

적迹

뒤돌아보면 한없이 쓸쓸했던 길
홀로 걸어온
걸음마다 떨어뜨린 눈물이 얼만지

인제는 모난 데 없이
둥글어질 만큼 둥글어져서
혼자서도 잘 굴러가는 나이

그러나 속 어딘들 성하기만 하랴
수면으로 검사받기는 위험하다
오감 열어두고 탐색하는 발자국

그게 무엇인지 담담하려 하지만
두렵다
새빨간 거짓인지 죄의 덩어리인지

장마

닫히지 않는 하늘

열사흘 비 그침이 없이
천둥소리는 누구를 꾸짖는가

흙탕물에 휩쓸려가는
흙탕물보다도 더 더러운 것들

우중에도 우람한 나무껍질에
우표딱지처럼 찰싹 붙어 제 몸을 뜯는

매미의 애절한 구애소리에
활짝 핀 꽃들이 덩달아 신음한다

촉박한 시간에 생을 마감하는
수놓은 빨간 꽃잎마당.

일산호수공원

친구와 점심을 먹고
호수공원을 함께 걸으며 여유를 부린다
싱그러운 풀냄새
돌다리 아래 검푸른 물
팔뚝만한 잉어가 긴 수염을 흔들며 숨을 토한다
자색 연꽃이 해님과 속삭이고
앵글 위에 축축 늘어진 등나무터널이 방음을 한다
이 순간은 코로나 19를 잊은 듯
거리두기도, 마스크쓰기도 방해꾼은 없다
호숫가 긴 의자와 그네가 발걸음을 멈추게 한다
여러 개의 평상은 가족들의 쉼터
어린아이는 배를 덮고 세상모르고 잠을 잔다
분수는 분수없이 하늘을 찌르려 용쓰지만
이내
물보라를 뿌리며 지구의 중력을 이기지 못한다
이 모두 인공을 들여 만든 자연.

영혼의 빛

참새 떼와 까치들이 어찌나 소란 떠는지
창문으로 스며드는 햇볕을 읽을 수가 없다

이 좋은 날 방에서 뭐 하니 하는 것 같아
벌떡 일어나 창문을 열어본다

볕뉘에서 잠시 휴식의 여유를 누리던
자유로운 영혼들 금방 떼 지어 자리를 뜬다

이내 마음속에서 요동을 치는 풍랑
물끄러미 구름을 쳐다보며 말을 건네 본다

너는 어디로 가는 길이냐
세월을 따라가는 것이냐

새들이 떠난 자리에 적막이 들어앉아
잎만 무성한 나무 위 우듬지를 쳐다본다.

수석은 나의 친구

책장위에 선물 받은 수석 한 점
틈날 때마다 올려다보는데
너는 외롭지 않다고
넌지시 내려다보는 것 같다

찰싹찰싹 때리며 떠밀려오는 파도소리
몽돌끼리, 몽돌끼리
딸그락거리던 소리 들리는 것 같아
깊어가던 고요한 방이 잠시 소란하다

인연이란 참 묘하지
가끔 만지며 보드라운 촉감을 느낄 때
지극히 겸손해지고
나는 외롭지 않다는 생각이 든다.

새

이제는 기다려진다
어떻든 나날이 영접하는 이름 모를 새

지금도 창밖 마른 살구나무에 앉아
재바르게 나의 아침 기상을 엿보고 있다

심연에서 피어오르는 안개와 같이
내 가슴에 적셔드는 그의 더운 숨소리

헐벗은 나뭇가지 휘청휘청 흔들려도
미틈달의 찬바람에 요지부동이다

그는 나를 감시하는 걸까 보호하는 걸까
누가 보낸 사자인가.

사월은 왜

무색에서 연두로 옷 갈아입는
가로수를 보며 눈 맑아지려는데
들리는 건 왜 슬픈 소식인가
까칠하던 산야 나가보면
온갖 야생화 형형색색 수놓는데
들리는 건 왜 불안과 우울한 소식인가
차양 치듯 구름은 빛을 가려주고
어디서 불어오는지 모를 바람조차
괜히 미안할 만큼 시원하지만
쓸쓸하고 허전함 달랠 길 없이
상춘에 외로움은 외출하지도 않고
왜 마음 속 깊은 샘을 파는지.

봄비

하늘을 쪼개는지 시야는 캄캄
죄진 줄을 모르는 죄인 같이
봄비 같지 않은 봄비에 움츠린다

그러나 죄 없는 나무들은
시원하게 목욕을 즐기는지
연두 잎, 잎마다 빗방울 대롱대롱

농부들은 비옷을 입고
모판을 나르며 흥얼거린다
황금들녘을 떠올리면 든든하겠지

오랜 가뭄 끝에 사나흘 내린 비는
물 비료 같아
온 누리가 생기로 가득하다.

보리밥

날씨는 화창하고
해풍은 바람팔매로 파도를 치고
코를 스치는 고창의 청보리밭은
끝이 안 보일정도로 시야를 넓혔지
이슬 맞으며 결실한 청보리를
허기는 다 익어 수확하기도 전에
보리 순 꺾어 불에 끄슬려 먹었지
서로 코에 입에 검정을 바르고
고슴도치 같은 얼굴을 보며 웃던 기억은
보릿고개를 넘어보지 않은 사람은
정영 모를 일이지
지금 두부, 호박, 양파, 청양고추를 넣은
강된장에 부추겉절이를 곁들여서
썩썩 비비 먹는 보리밥을 어쩌다
누구는 건강에 좋다 해서 찾아 먹지만
보릿고개를 넘어 본 사람은

눈물겹던 보리밥 덩이가 아니라
지겹게 가난했던 옛날도 그리워
추억을 먹는 거지.

보너스

철없이 핀 꽃이라고 핀잔을 주지 않는다
새들의 시끌벅적한 소리에 눈을 뜨면
화사한 꽃이 한 눈에 들어온다
내 마음의 매무새를 곱게 여미게 하는
마디마디 꽃으로 게걸음을 걷는 꽃
붉은 색 앙증맞은 꽃
줄기가 게발을 닮아서 게발선인장이란다
어쩌다 분갈이를 못해줘도 투정을 부리지 않는데
산소발생으로 공기정화 능력도 있다고 한다
여러 개의 꽃잎이 겨드랑이를 드러내지 않고
다소곳한 화관은 둥글게 바깥쪽 하늘을 본다
겨울에 피는 꽃인데
여름에도 활짝 웃어 보이니 보너스다.

밤꽃

긴 잠에서 깨어난 듯
수십 년 맡지 못했던 이 야릇한 향은 무엇인가

황폐했던 마음의 묵정밭을
거침없이 파헤치는 향기

나이 먹는 것이 제일 쉽다고 하지만
나이다운 나이를 먹기란 그리 쉬운 것이 아닌데

살아온 만큼 몸은 늙어도 후각은 늙지 않는다
마음도 늙지 않는다.

바나나

지금은 흔한 바나나
값 비싸 귀한 때가 있었지
고희를 바라보는 막내 동생이 4살 때
어머니는 서울위생병원에 입원하셨으므로
일주일에 한 번씩
동생 셋을 데리고 어머니 병문안을 갔었지
막내 자네는 엄마가 보고 싶은 것보다는
삐나나가 먹고 싶어서 토요일을 손꼽아 기다렸지
너무 어려서 바나나라고 발음도 못했던
막내 동생! 별명이 삐나나 였었지
바나나는 겉을 보고 속단해서는 안 되지
때깔 곱고 매끈하면 덜 익어서 맛이 덜하지
겉에 주근깨가 살짝 박혀 있어야
속살은 더없이 부드럽고 달콤하지
그러니 사람도 바나나 같이
분별할 줄 알아야지.

매실

매화는 두려움 없는 꽃인가
무서리와 눈 속에서도 피어나
고고한 봄의 전령사로 등장하네

너무 붉어 보는 눈 멀 것 같은 홍매화
너무 희어서
보는 영혼이 순결해질 것 같은 백매화

꽃으로 향으로
한철 봄을 유혹하고도 마침내는
매화차, 매실장아찌, 매실 액, 매실식초

이리저리 좋다는 구실로
아낌없이 내어주는 매실나무는
내 몸을 다 내준다.

뜻밖에

시집 온 지 6년 된 라일락,
봄의 대표 주자처럼 해마다 훤칠한 키에
보라색 꽃 흐드러지게 피었는데
피어서 그 향기 울안에 생기발랄 넘실댔는데
왠지 올해는
꽃이 피질 않아 우수의 그늘만 짓고 있었는데
어느 날인지 입양도 안한 금낭화가 찾아와서
허리 휠 듯 연등을 매달고
매 발톱 또한 어디서 왔는지 모르게 날아와서
라일락만 쳐다보면 답답하던 가슴 겨우
브래지어 후크를 풀어줬는데
바로 오늘 아침
무심코 라일락을 쳐다보다가 깜짝 놀랐다
그녀의 쓸쓸한 몸을 징그럽게 감고 올라서
사랑의 정복자인 양
나팔꽃 크게 웃고 있었다.

끈질긴 코로나

이제 긴 터널을 빠져나오는가 싶더니
다시 먹구름 드리운다
청춘의 혈기와 주체 못하는 열정이
마른 불쏘시개가 되었다
일파만파로 퍼져나가는 코로나19
캠프파이어에 피어놓은 불꽃처럼
오랜 가뭄에 번지는 산불처럼
안하무인으로 번져 나간다
극단의 개인주의가 저지른 화마지만
언젠가 사그라지겠지
사그라질 때 까지 제약 받는 인간의 자유
이리저리 감수해야 하며
하루속히 종식되기를 기도할 뿐이다.

고사목

여러 개의 손 마냥
가지 뻗은 입 마냥 잎 무성할 때가
散文이라면
지금은 세월이 퇴고해준 詩랄까
버릴 것 다 버리고 더는 버릴 것 없는
한 그루의 고사목은 눈물도 가뭄이 들어
마음 쫙쫙 갈라지지 않겠지
단비를 흠뻑 맞아도 새싹 돋아날 수 없고
삶이 부질없고 속절없는 것도 몰라서
좋은 줄도 모르겠지.